Amrûn
SPANNUNG

DARK SIGHTS

KARIN ELISABETH

Karin Elisabeth distanziert sich hiermit persönlich von der in diesem Buch dargestellten Gewalt und der teils gewalttätigen Sprache, die ihre Figuren verwenden. Alle Personen und Handlungen sind frei erfunden. Etwaige Ähnlichkeiten mit tatsächlichen Begebenheiten oder lebenden oder toten Personen wären rein zufällig.

Jürgen Eglseer, Traunstein

Lektorat: Simona Turini | Lektorat Turini
Umschlaggestaltung: Mark Freier | freierstein.de
Illustrationen: Svart Myr
Redaktion: Piper Marou

ISBN 978-3-95869-307-4

Besuchen Sie unsere Webseite:
http://amrun-verlag.de

Bibliografische Information der Deutschen Nationalbibliothek:
Die Deutsche Nationalbibliothek verzeichnet diese Publikation in der Deutschen Nationalbibliografie; detaillierte bibliografische Daten sind im Internet unter http://dnb.d-nb.de abrufbar

1 18

DIE BLUMEN

Mit Mama war etwas nicht in Ordnung. Jakob und Miriam, genannt Mimi, bemerkten es an einem strahlend hellen Morgen im Mai.

Mama, so nannten die Kinder die 35-jährige Isabel K., die an jenem Morgen reglos am Küchenfenster stand und verloren in das leere, dunkle Sonnenblumenbeet starrte. Das allein war noch nicht allzu beunruhigend. Seltsam war aber, dass Mama weder das verschlafene »Guten Morgen« der Kinder erwiderte, noch sich nach ihnen umdrehte, als sie die Stühle mit einem Quietschen zurückzogen und sich an den Tisch setzten.

»Mama, was ist mit dem Frühstück?«, fragte Mimi schließlich laut, wie um einen Bann zu brechen.

Sie erntete einen strengen Blick ihres älteren Bruders, aber auch Jakob wunderte sich über den leeren Tisch und über Mama, die einfach so dastand wie eine Schaufensterpuppe und in das Beet blickte, das sie vor Kurzem erst zusammen mit den Kindern bepflanzt hatte. Auch auf Mimis Frage reagierte Isabel nicht. Die Kinder scheuten sich davor, Mama in diesem Zustand zu nahezukommen, und weckten ihren Vater, Raimund K., der normalerweise bis halb acht schlief.

In der Küche fand Raimund seine Frau noch immer in demselben Zustand, den die Kinder ihm in zusammenhanglosem Geschrei zu schildern versucht hatten. Als er Isabel mit ihrem Namen ansprach, reagierte sie zunächst nicht. Erst, als er dabei ihre Schulter berührte, antwortete ihr Körper wie mit einer Art verlangsamtem Zusammenfahren aller Muskeln. Seine folgenden Fragen »Geht es dir gut?« und »Willst du ins Krankenhaus?« beantwortete sie mit einem mechanischen »Ja ... nein ...«.

Dem Anschein nach war sie bei Bewusstsein. Widerstandslos ließ sie sich von Raimund die Treppe hoch und in ihr Schlafzimmer führen, wo sie versprach, sich hinzulegen, während er den Kindern Frühstück machte und sie anschließend mit dem Auto zur Schule fuhr.

Als er zurückkam, schien Isabel fest zu schlafen. Kein Wunder, dieser Zusammenbruch, dachte er. Zermürbende Wochen lagen hinter der Familie; erst der »nach kurzer Krankheit« überraschende Tod von Isabels Mutter Hedi, dann der Umzug in Isabels nun verlassenes Elternhaus. Und mit den Kindern, beide in jeweils kritischen Entwicklungsphasen, war es auch nicht immer leicht. Isabels wie immer resolutes und fröhliches Wesen hatte ihn wohl über ihre tatsächliche Erschöpfung hinweggetäuscht. Also beschloss Raimund K., erst mal abzuwarten und sie ausruhen zu lassen, anstatt einen Arzt zu konsultieren, und fuhr zur Arbeit.

Am Abend fand er Isabel schweißgebadet in ihrem Bett, zitternd und nach Luft ringend. Blut rann als dünner Faden aus ihrer Nase. Sie wurde ins Krankenhaus gebracht, wo nach langer Wartezeit und hastiger Untersuchung der Lunge und der Lymphknoten auf einen »wahrscheinlich bakteriellen Infekt« geschlossen wurde. Es wurde ein Antibiotikum verschrieben. Sollte sich innerhalb von sieben Tagen keine Besserung einstellen, so sollte Isabel sich noch einmal beim Hausarzt vorstellen.

Tatsächlich ging es Isabel nach einer Woche besser. Das jedenfalls nahm Raimund K. an, nachdem das Fieber abgeklungen war. Aber die Müdigkeit und eine gewisse geistige Abwesenheit blieben. Und auch wenn Isabel ihr Bett nun wieder verließ, war sie kaum dazu imstande, Haushalt und Kinder verlässlich zu versorgen, geschweige denn zur Arbeit zu gehen.

Eines Mittags ließ sie das Fett auf dem Herd so lange anbrennen, bis die Pfanne ganz schwarz wurde. Der Rauchmelder schrillte wohl schon eine Weile, aber Isabel blickte immer noch still aus dem Fenster in das Beet, wo die Sonnenblumen schon durch die Erde brachen und sich mit aller Wucht dem Licht entgegendrängten.

Niemand konnte ahnen, dass Isabel nicht einfach dastand, sondern sich erinnerte. An etwas, das sie ihrem Mann und den Kindern nie erzählt und das sie selbst schon lange vergessen hatte. Sie erinnerte sich an den Komposthaufen hinter dem Feld, wo damals keine Sonnenblumen, sondern Erbsenstöcke gestanden hatten. Es war ein Gemüsegarten gewesen, in dem sie herumspaziert war, um zu sehen, wie weit die Möhren gewachsen waren, während sie mit den Eltern am Meer gewesen war, und ob sich die Himbeeren hinter dem Komposthaufen schon rot färbten.

Es war ein schwüler Tag, die ersten Regentropfen fielen, und die Würmer wühlten sich aus der dampfenden

Erde. In der Nähe des Komposts roch es seltsam süßlich, beißend, und hinter den Sträuchern surrte und summte es wie von einem ganzen Insektenschwarm. Genau da hinten, auf die andere Seite des Zauns, musste Isabel gehen, um nach den Himbeeren zu sehen, denn auf dieser Seite des Strauchs bekamen sie das meiste Sonnenlicht ab. Was die kleine Isabel dahinten sah, im hellen Nachmittagslicht, waren aber nicht die überreifen Himbeeren. Es war zuerst ein Schuh, dann ein Bein und dann ein toter Mensch, der im Gras lag und von aberhundert glänzenden Fliegen und Käfern zerfressen wurde.

»Oma liegt tot hinten beim Komposthaufen«, hatte sie dann ihren Eltern erzählt, die gerade in der Küche die dreckige Wäsche aus den Koffern sortierten.

Von diesen Erinnerungen ahnte Raimund K. nichts, als er Isabel zum Arzt fuhr. Dieser behandelte ihre Rauchvergiftung und schloss, weil er durch Ultraschall und Blutuntersuchungen keine Erklärung für Isabel K.s geistigen Zustand fand, auf eine Depression, wohl ausgelöst durch den kürzlichen Tod ihrer Mutter. Er verschrieb ein Antidepressivum und versicherte Raimund K., man müsse diesem und der natürlichen Resilienz nur etwas Zeit geben. Tatsächlich bemühte sich Isabel nach einigen Wochen wieder, den Haushalt und die Kinder zu versorgen, was Raimund zu der Annahme veranlasste, es ginge ihr dank der Medikamente deutlich besser. Also ging er wieder zur gewohnten Zeit ins Büro, was ihn die weiteren, fatalen Veränderungen, die mit seiner Frau vorgingen, lange nicht bemerken ließ.

Nur Jakob und Mimi sahen, wie Mamas Haltung die einer alten Frau wurde, wie seltsam sie jetzt ihre zitternden Hände hielt, wenn sie das Brot schnitt. Nur Jakob und Mimi bemerkten, dass Mama immer wieder in ihren Haushaltsroutinen innehielt und still aus dem Fenster in das Beet blickte, wo die Sonnenblumen inzwischen mannshoch in den Himmel ragten und mit dunklen Gesichtern in das Fenster lugten. Nur den Kindern fiel auf, dass ihre Mutter, obwohl sie oft lange am Fenster stand, die Tür zum Garten mied, als ob dahinter etwas Schreckliches lauerte.

Eines Nachts, schon spät im Sommer, kam Mimi noch einmal runter in die Küche, um sich etwas zu Trinken zu holen. Als sie die Kühlschranktür öffnete, bemerkte sie aus dem Augenwinkel ein seltsames, unnatürliches Leuchten, das durch das Küchenfenster fiel. Mimi fuhr herum und sah, dass das Leuchten von den Sonnenblumen kam. Wie tückisch sie durch das Fenster blickten mit ihren dunklen Gesichtern! Und dann sah sie auch ihre Mutter, draußen, ganz nah am Feld, wo sie mit den Blumen zu sprechen schien.

Schnell lief Mimi nach oben und sagte Jakob Bescheid. Als sie wieder in die Küche kamen, war Mama vom Fenster aus nicht mehr zu sehen. Mimi weckte den Vater, Jakob rannte hinaus in den Garten. Er fand Mama erstarrt mitten im Sonnenblumenfeld und führte sie auf den Rasen. Dort saß sie schweigend, immer noch auf dieselbe Stelle hinten im Feld blickend, als sein Vater endlich kam.

»Isabel!«, rief Raimund, erschrocken über ihren Anblick und überfordert mit den ängstlichen Kindern, die selbst nicht hätten sagen können, wovor sie sich genau fürchteten: Vor dem, was Mama Angst gemacht hatte oder vor Mama selbst. »Was machst du denn hier draußen?«

»Wir müssen sie abschneiden«, flüsterte Isabel verzweifelt.

Raimund runzelte die Stirn und schickte die Kinder nach oben, um sie nicht noch mehr zu verstören.

»Hörst du nicht!«, schrie Isabel. »Wir müssen sie ABSCHNEIDEN!«

»Die Sonnenblumen abschneiden?«

Isabel antwortete nicht, sondern flehte ihn nur mit ihren dunklen, weit aufgerissenen Augen an.

»Aber die Kinder werden traurig sein, Isabel ...«

Noch in derselben Nacht riss Raimund K. alle Sonnenblumen aus der Erde. Nun lag da, mitten im blühenden Sommer, ein kahles, dunkles Stück Erde im Garten. Ein Anblick, der Raimund und die Kinder schaudern ließ, wenn sie aus dem Küchenfenster blickten. Auch Isabels Zustand schien sich trotz der radikalen Maßnahme nicht zum Besseren verändert zu haben. Seit jener Nacht wurde allerdings die Tür zum Garten und auch die Haustür immer verschlossen gehalten, damit sich ein solches Schauspiel nicht noch einmal ereignen konnte.

Doch Isabels Verhalten blieb auch innerhalb des Hauses sonderbar und gefährlich, und selbst Raimund konnte bald nicht mehr verdrängen, dass sie den Kindern Angst machte. In einem ihrer letzten klaren Momente erklärte Isabel K. sich freiwillig dazu bereit, in ihrem Zimmer zu bleiben, bis das neue Medikament anschlug.

Eines Morgens wachte Mimi auf und fand in ihrem Zimmer die Wände mit furchtbaren, wie mit wüst krakelnder Kinderhand gezeichneten Bildern behangen. Sie alle zeigten Sonnenblumen in schrillem, schreiendem Gelb, Rot und Violett, die mit bösen Gesichtern in den Raum starrten. Mimi rannte zu Jakob, der ihr nicht glauben wollte, dass sie die Bilder nicht selbst gemacht hatte. Dennoch erschrak er, als er die grausigen Zeichnungen an den Wänden sah und konnte nicht so recht glauben, dass sie wirklich der Fantasie seiner kleinen Schwester entsprungen sein sollten. Schnell nahmen sie die Bilder ab und versteckten sie, denn sie wollten nicht, dass Mama eingesperrt wurde.

Dann kam der Tag, an dem sich Raimund K. zum Wohl und zur Sicherheit der Kinder doch dazu entscheiden musste, seine Frau in eine psychiatrische Klinik einzuweisen. An jenem Morgen stürmte er in die Küche, da er von oben die beiden Kinder in panischem Entsetzen nach ihm schreien gehört hatte.

Unten fand er Isabel am Fenster, den Blick in das leere Beet gerichtet, mit schlaffen Gliedern und grausig eingefallenem Gesicht. Ein blutiger Speichelfaden hing aus ihrem Mundwinkel. Sie hatte sich wohl auf die Zunge gebissen, vermutete Raimund.

Mimi saß in ihrem Zimmer und weinte, als Mama abgeholt wurde. Sie weinte, weil Mama weggebracht werden musste und weil sie Angst hatte. Vor den Sonnenblumen, obwohl die jetzt abgeschnitten auf dem Kompost lagen. Denn auch Mimi hatte sie gesehen, die dunklen Gesichter in der Nacht, die schwarzen Fratzen, alle auf sie gerichtet, umlodert von giftigem Gelb, Orange und Violett. Sie hatte sie miteinander flüstern gehört, als sie durch das Feld gegangen war, und sie hatte es gefühlt, wie sie atmeten und wie sie die Köpfe, wenn Mimi vorbeiging, ganz langsam nach unten beugten, als würden sie etwas wittern.

Wenige Wochen später starb Isabel K. in der Klinik an einem multiplen Organversagen, für das die Mediziner zunächst keine Erklärung fanden. Um äußere Einflüsse und eine beabsichtigte oder unbeabsichtigte Überdosierung ihrer Medikamente auszuschließen, wurde eine Obduktion veranlasst.

Dabei konnte zwar ein Tod durch Fremdeinwirkung oder Suizid ausgeschlossen werden, doch die Ursache des Organversagens blieb weiter unklar. Dennoch sorgte die Öffnung des Körpers für einiges an echter medizinischer Aufregung im sonst so unterkühlten Pathologietrakt. Nahezu alle lebenswichtigen Organe Isabel K.s waren von einem ominösen Virus, Parasiten oder Krebs fast vollständig zersetzt, die Reste von Leber, Milz und Nieren befanden sich in einem absurd fortgeschrittenen Stadium des Zellverfalls.

All das gab den Ärzten eine Weile Rätsel auf, bis sie schließlich den Fall mit der Diagnose »Hirnblutung aufgrund von Tumorwachstum« zu den Akten legten und die Leiche von Isabel K. zur Beerdigung freigegeben werden konnte.

Nach den freudlosen Feierlichkeiten brachte Raimund K. die Kinder nach Hause. Er bat sie, den Tisch fürs Abendessen zu decken, während er oben duschte. Als er zurück in die Küche kam, fand er den Küchentisch nur zum Teil gedeckt, den Orangensaft verschüttet und die beiden Kinder wie im Schock erstarrt, die Münder verzerrt und die Blicke durch das Küchenfenster ins kahle Sonnenblumenfeld gerichtet.

Mit einem Mal verwandelte sich sein Schrecken in Wut. Raimund rannte in den Garten, quer über den leeren Acker, und verfluchte wie von Sinnen den Boden, der ihm bis zu seinem und der Kinder Tod die Antwort schuldig bleiben würde.

Er hätte sie vielleicht gefunden, hätte er gegraben. Gleich hinter dem Feld, da, wo früher der heute zugeschüttete Komposthaufen und dahinter die Himbeersträucher gestanden hatten. Dann hätte er vielleicht den beißend-fauligen Geruch bemerkt, der hier seit Jahr und Tag als feines, für das menschliche Auge kaum wahrnehmbares Gas über dem verdorbenen Grundwasser stand.

Und vielleicht hätte er sich erinnert, dass Hedi, Isabels Mutter, mit der Gartenarbeit erst wenige Monate vor ihrem Tod begonnen hatte. Weil sie, bewusst oder unbewusst, schon immer etwas an dem Garten geängstigt hatte.

So hatte sie es ihm erzählt, beim Kaffee nach der Beerdigung ihres Mannes. Vielleicht hatte Raimund K. damals nicht zugehört, vielleicht hatte er es aber auch einfach vergessen.

KAIN

Die neuen Shirts sind scheiße, aber das Wort darauf sieht gut aus. Ein Wort, das von mir stammt und eine große, dunkle Kraft ausströmt. KAIN. Weiß auf Schwarz. Henri sieht gut aus in dem Shirt, die schimmernden Narben auf seinen Unterarmen bilden eine ästhetische Einheit mit dem Schriftzug.

Das Problem ist, dass sie alle nicht verstehen, worum es wirklich geht.

Noch nicht.

Henri nicht, Sandra nicht und Mark schon gar nicht. Mark legt jetzt eine Platte auf, die wir schon zweimal gehört haben, seit wir hier im Keller seiner Eltern sitzen. Den ganzen Tag haben wir versucht, Aufnahmen zu machen, und die Ergebnisse sagen alles über den Punkt, an dem wir stehen.

Ästhetik ist wichtig, Musik ist wichtig – Philosophie ist wichtiger.

Wenn der Unterbau fehlt, ist jede Musik für'n Arsch. Deswegen gibt es auch so wenig gute Musik, weil sie von Menschen gemacht wird, die flach sind und nichts zu sagen haben. Wenn man nichts zu sagen hat, soll man keine Musik machen und auch sonst nichts.

Bei uns ist es anders. Wir haben zwar die Philosophie, aber auch wir haben nichts mehr zu sagen. Das Gesagte bedeutet nämlich irgendwann nichts mehr, wenn nicht danach gehandelt wird. Nur reden und nicht handeln ist schwach. Schwäche ist das, was wir am meisten verachten. Aber die eigene Schwäche erkennen die meisten nicht.

Wir stagnieren schon zu lange. Wenn ich mir die Gesichter in diesem Keller so betrachte, weiß ich auch, warum.

Mark, kuhäugig, krummnasig, Sohn liebender Eltern, lümmelt in einem Sessel, trinkt Bier und schaukelt seinen langhaarigen Kopf träge im Rhythmus der Musik. Jetzt fängt er wieder an, von Nietzsche zu schwafeln, den er nicht nur überschätzt, sondern nicht mal richtig versteht. Sandra trinkt Bier aus der Flasche, wie ein Kerl. Sie ist klein und drahthaarig und hat viel zu muskulöse Oberarme und klobige Tätowierungen, die sie total verschandeln. Sie kennt nur ein Zitat von Nietzsche, das sie gerne über den Tisch brüllt, um Marks Monologe zu beenden: »Gott ist tot! Gott bleibt tot! Und wir haben ihn getötet!«

Dann fängt sie an, über ihr Lieblingsthema zu schwadronieren: Was ist *true* und was nicht. Ich habe keine Ahnung, was Henri an ihr findet.

An der Diskussion, was *true* ist, beteiligen sich wie gewohnt alle. Alle außer mir, heute Abend. Ein ewiges Wah-Wah lange bekannter, sich niemals ändernder, niemals zu Ende gedachter Meinungen, das mein von den nutzlosen Aufnahmen frustriertes Gehirn über die Maße erschöpft. Seit Kurzem habe ich es aber drauf, Störgeräusche komplett auszublenden, indem ich sie in meinem Kopf auf stumm schalte. So höre ich sie nicht mehr, sehe nur noch Münder auf- und zuklappen, sinnlos, wirkungslos, albern.

Heute, Freunde der Nacht, stehen wir am Scheideweg. Ihr wisst es nur noch nicht.

Ich beobachte sie und warte auf den Moment. Das, was ich jetzt tun werde, soll niemandem gefallen; es soll wirken.

Schon seit einiger Zeit habe ich das Knochenmesser fest im Blick. Es liegt auf dem Tisch, blitzblank und frisch geschärft. Es ist nicht meins, es gehört Henri und außer ihm soll es keiner anfassen. Schon deshalb muss alles sehr schnell gehen. Ich spreize die Finger, soweit ich kann, drücke die Hand fest auf den Tisch, nehme das Messer und hacke zu. Mit aller Kraft, und ich habe nicht wenig davon. Blut spritzt, und das erste Glied des kleinen Fingers kugelt über den Tisch. Ich bin so berauscht davon, wie einfach es war, dass nicht mal Schmerz kommt. Endlich: Schweigen.

Versunken in meinen Triumph sehe ich sie gar nicht, sehe nicht, wie sie auf die Stelle glotzen, an der eben noch ein normaler Finger gewesen ist und auf das abgetrennte Glied neben dem Aschenbecher. Paralysiert, fasziniert.

Meine Hand zittert, als ich es aufhebe, das blutige kleine Stück Fleisch und Knochen. Meine Hand zittert, weil ich so aufgeregt bin, so unglaublich zufrieden, und in meinem Kopf geht ein großes Feuerwerk los. Eine neue Grenze ist gefallen.

Zu Hause lege ich das Stück Finger auf eine Untertasse und stülpe ein Glas darüber. Ich will sehen, was passiert, wie sich das Fleisch verändert und vergeht. Mein Fleisch.

Als fast nur noch der Knochen übrig ist, bohre ich ein Loch hinein und trage ihn um den Hals. Ein Opfer, das gewirkt hat, denn jetzt haben sie verstanden: Ästhetik ist wichtig, Musik ist wichtig, Philosophie ist wichtig – Aber das alles nutzt nichts, wenn keine Taten folgen. Wenn keine Taten folgen, ist alles Abfuck, alles Heuchelei. Wir dürfen nicht länger heucheln. Es muss etwas passieren, und es muss bald passieren.

Wir machen uns auf die Suche, denn wir sind jetzt alle heiß.

Mark schlägt vor, was mit Helena anzustellen, seiner Ex, die vor ein paar Wochen mit einem Anderen abgezogen ist. Ich sage, das geht nicht, viel zu naheliegend. Die anderen stimmen zu. Niemand hat vor, in den Knast zu gehen.

Wie wär's mit irgend'nem Muchel, fragt Henri. Gute Idee, finden Mark und Sandra. Nein, sage ich und stoße erst mal auf Unverständnis. Ich erkläre, dass Hass kein gutes Motiv ist.

Hass ist ein starkes Gefühl. Wer aus starken Gefühlen heraus handelt, macht Fehler. Fehler haben Konsequenzen. Muchels haben meistens Waffen und sind selten allein, auch wenn es so scheint. Sie finden uns oder die Bullen finden uns, weil in diesem Land Kanakenbelange bevorzugt behandelt werden. Ich habe eine bessere Idee. Es muss jemand sein, den niemand vermisst. Den *wirklich* niemand vermisst.

Von meinen nächtlichen Spaziergängen her weiß ich seit einiger Zeit, dass unter der kleinen Steinbrücke kurz hinter dem Ortsausgangsschild ein Penner sein erbärmliches Lager aufgeschlagen hat. Ein alter Saftsack mit einem kleinen, struppigen Köter, der keine Gefahr darstellt, außer dass er wahrscheinlich ein bisschen kläffen wird. Aber hier hört eh niemand das Scheißvieh, und wenn doch, interessiert es keinen.

Es gibt Penner, die wenigstens noch einen Funken Stolz in sich haben, aber dieser ist keiner von der Sorte. Es stinkt so nach Pisse unter dieser Brücke, es ist davon auszugehen, dass er an die Wände seines eigenen sogenannten Zuhauses pisst. Er hat auf alles gepisst, was ihn vielleicht mal zum Menschen gemacht hat. Ein humanoides Jammertal, ein Parasit, ein Nichts. Glück für ihn, Glück für die Menschheit, dass wir ihn in dieser herrlichen Winternacht gefunden haben.

Er steckt in seinem siffigen Schlafsack, daneben brennt ein schwaches Feuer. Sein Schnarchen hallt von den Brückenwänden wider.

Sollen wir ihn aufwecken?, fragt Sandra.

Das kommt darauf an, was wir wollen. Wollen wir es uns einfach machen, wollen wir nur, dass er stirbt, oder wollen wir seine Todesangst sehen, hören, wie er winselt und fleht?

Ich will, dass er stirbt, sagt Henri. Das reicht. Das ist Beweis genug, dass wir es bringen.

Ich will ihn winseln hören, sagt Sandra und grinst.

Du böse Hexe, sagt Mark.

Hört auf zu lachen, sage ich. Sie sind besoffen, obwohl ich ihnen gesagt habe, kein Alkohol. Nicht heute.

Weck ihn auf, sage ich zu Sandra.

Hey!, schreit Sandra. Er wacht nicht gleich auf. Wir stehen jetzt direkt vor ihm. Und noch mal: Hey, du stinkendes Stück Scheiße!

Der Penner rekelt sich und rümpft die Nase. Er macht die Augen auf und sofort entdecken wir einen Anflug der Todesangst, die wir jetzt alle sehen wollen. Er strampelt sich aus dem Schlafsack und richtet sich ungeschickt auf. Wir lassen ihn. So kann man nicht gewinnen, alter Mann.

Das Spiel kann losgehen, und Sandra darf anfangen. Sie tritt an ihn heran, ganz nah, und genießt sichtlich die Aura von Terror, die sie in diesem Moment umgibt. Sie versetzt dem Penner eine Ohrfeige. Und noch eine.

Was – was wollt ihr von mir?, stammelt der Alte und Sandra gibt ihm noch eine Ohrfeige und noch eine und noch eine. Was wollt ihr, ich habe doch nichts.

Dass du die Fresse hältst, sagt sie. Der Penner versucht, sie wegzuschieben und sich an ihr vorbei zu drängeln. Sie tut so, als ließe sie ihn, dann stellt sie ihm ein Bein und er fliegt über seine eigenen Füße, die nur in Socken stecken. Alter Trottel. Er versucht, wieder aufzustehen. Als er es fast geschafft hat, kriegt er, rumsbums, ihren Stiefel in den Bauch. Einmal, zweimal. Eine oder zwei Rippen brechen.

Er schreit, eigentlich ist es mehr ein jämmerliches Winseln, jetzt schon. Blut läuft aus seinem zahnlosen Mund. Jetzt schon. Seine dumme Töle kläfft. Ich verpasse ihr einen Tritt, sie jault auf und verschwindet im Gebüsch.

Nutzloses Vieh, denke ich, hättest dir mal besser 'nen richtigen Hund zugelegt, alter Saftsack.

Na komm schon, wehr dich! Was bist du nur für ein Schwächling, he?, schreit Sandra und tritt dem Penner, rumsbums, weiter in den Bauch.

Das reicht, sage ich. Es geht mir auf die Nerven, dass sie sich so aufspielt, schon lange, denn schließlich ist sie auch nicht mehr als eine Fotze, und Fotzen sind gemeinhin nur zu einem zu gebrauchen, wenn überhaupt. Wenn es nach mir ginge, wäre sie schon lange draußen, aber Henri steht auf ihren Arsch und ich konnte Henri noch nie etwas abschlagen, was wiederum meine Schwäche sein mag.

Lass ihn aufstehen, sage ich. Tatsächlich versucht der Penner es, doch natürlich hat er keine Chance. Wir umkreisen ihn, hungrige Wölfe, die es nicht abwarten können, ihre Fänge in sein Fleisch zu schlagen und sein verseuchtes Blut zu saufen. Der Alte taumelt und sein glasiger Blick sucht nach einem Ausweg, während Mark in aller Ruhe seinen Gürtel aus der Hose zieht. In einem eleganten Bogen saust das Leder durch die Luft und die Schnalle trifft das krätzige Gesicht des Alten. Einmal, zweimal, dreimal. Blut spritzt, die schlaffe, alte Haut zerreißt und bald schon liegt der Knochen frei.

Mark geht zu dem stinkenden Haufen Mensch und legt den Gürtel um seinen Hals. Jetzt scheint der Alte zu begreifen, was mit ihm passieren soll, was jetzt endlich *wirklich* passieren wird und sträubt sich wie ein räudiger Kater, der weiß, dass er gleich in die Regentonne kommt. Er zappelt und schlägt um sich, sodass wir ihn festhalten und auf den Boden drücken müssen. Henri und Sandra übernehmen das, Mark würgt den alten Scheißer weiter mit dem Gürtel, bis sein Kopf puterrot anläuft und ihm die Augen fast aus dem Schädel springen. Ein herrliches Bild, das ich mir genau einpräge, ehe ich selbst an der Reihe bin, denn so schnell soll es nicht zu Ende gehen.

Hör auf, sage ich zu Mark und Mark nimmt den Gürtel vom verschrumpelten Hals des Alten und fädelt ihn sich in aller Seelenruhe wieder in die Hose. Der Penner japst und schnappt nach Luft, seine Zunge hängt raus und sieht wie eine zermatschte Erdbeere aus. Fast hätten wir ihn schon erledigt, aber das wäre doch zu schade gewesen in dieser glorreichen Nacht.

Jetzt bin ich dran. Langsam, ganz langsam trete ich an den alten Mann heran, denn ich will, dass er mich sieht, dass er mich ganz genau ansieht und ganz genau weiß, was jetzt geschieht und wer es ist, der seinem abartigen Dasein ein Ende setzt. Dann habe ich eine bessere Idee.

Tu du es, Henri. Henri hat noch so gut wie nichts getan, er soll nicht nur Zeuge sein. Und so sehr es mich kitzelt, dem alten Stinker selbst den Rest zu geben, ich weiß, dass Erziehung jetzt wichtiger ist als meine eigene Befriedigung, die ich sicher noch in einer anderen, rauschenden Nacht voll werde auskosten können.

Henri lässt die Arme des Alten los und kommt auf mich zu. Er will das Messer, aber ich gebe es ihm nicht. Warum lässt du auch dein heiliges Messer zu Hause, ausgerechnet heute? Dummer Henri. Das ist schlechte Vorbereitung, und schlechte Vorbereitung erfordert Improvisation. Das muss Henri jetzt lernen.

Er blickt nervös um sich, sucht nach einer Lösung. Er will nicht mit bloßen Händen töten und er will dem Alten nicht den Kopf eintreten. Er will, dass er endlich stirbt, aber leise und sauber. Jeden Gedanken kann ich an seinen umherirrenden Augen ablesen.

Gib mir den Gürtel.

Nein, sage ich an Marks Stelle. Du musst mit den Waffen arbeiten, die du hast. Sandra und Mark weichen zurück und Henri scheint jetzt zu wissen, wie es enden soll. Wie es enden muss. Der Alte starrt ihn an und es sieht aus, als überlege er, ob er seinen Mörder anflehen soll, ihn anbetteln, dass er ihn am Leben lässt. Aber welches Leben?

Er ist nicht mehr als ein Schwein im Schlachthaus, nur zu einem geboren, zu stumpf, zu wenig an seinem täglichen Elend hängend, um gegen den nahen Tod aufzubegehren. Statt irgendwelcher Worte kommt nur ein dünnes Rinnsal Blut aus seinem ranzigen Maul. Keine Spur von Stolz, keine Spur von Selbstachtung in seinen dummen Augen. Gar nichts.

Mit einer schnellen Handbewegung packt Henri den Alten am Kragen und schleudert seinen Kopf auf das Pflaster, Gesicht voran. Der Penner macht keinerlei Anstalten, sich noch einmal aufzubäumen. Vielleicht spricht er ein letztes Gebet in seinem Fuselkopf. Ja, beten könnt ihr alle, ihr Schwachen und Verzweifelten. Nur, was hat es je genutzt?

Henri holt aus und tritt zu. Wieder und wieder, er kommt richtig in Fahrt, herrlich, ihm dabei zuzusehen. Und das Geräusch, das der Kopf bei jedem Tritt macht, während er eins wird mit dem Pflaster und dem Unkraut und der Pisse unter ihm, ist mit nichts zu vergleichen, was normale Menschen kennen. Wir sind jetzt keine normalen Menschen mehr. Wir sind überhaupt keine Menschen mehr.

Wahrhaftige Herrlichkeit durchströmt meinen ganzen Körper, als wir das gar nicht mal schwere Bündel, das von all dem übrig geblieben ist, über das steifgefrorene Gras runter zum Fluss schleppen. Wir haben die Reste in seinen vollgepissten Schlafsack gewickelt und noch eine ganze Menge Steine rein getan. Praktischerweise ist es einer dieser Schlafsäcke, die man bis oben hin zumachen kann wie einen Leichensack.

Oh, welche Ironie!

In feierlicher Stimmung lassen wir das Bündel zu Wasser. Es treibt schnell vom Ufer weg und wird nach wenigen Sekunden ganz verschluckt. Es fängt an zu schneien, als wir die Böschung hochklettern und uns flink wie Schatten über das einsame Feld davonmachen.

Endlich alleine, fühle ich mein Blut von einer unbekannten Kraft beseelt. Transformation. Ich will mein Gesicht sehen, ob es sich verändert hat, und stelle mich vor den Spiegel, das Stück Finger baumelt über dem hervorstehenden Brustbein auf meiner nackten Haut. Mein Gesicht ist schon immer hässlich gewesen, farblos und asymmetrisch, mein rechter Mundwinkel von einer an den Enden absurd ausgefransten Narbe verlängert, die von einem Zollstock stammt.

Sohn meiner Eltern, das Schlimmste von beiden in sich vereinend, genetisch und durch Hass erworben – mein Gesicht.

Kein Gesicht, das gefällt. Das ist es nie gewesen, und jetzt schon gar nicht mehr. Mein neues Gesicht ist ein Abgrund, das Gesicht eines anderen, eines Besseren. Ich bin jetzt kein Mensch mehr, ich bin ein Mörder.

Wir vier sind jetzt Mörder. Bei unserem nächsten Treffen sprechen wir nicht über die Nacht, jeder kostet ihren Segen für sich allein. Die Gesichter der anderen betrachte ich ganz genau; Auch sie haben sich verändert. Ob sie verstanden haben, was es bedeutet, dass diese Grenze von uns gemeinsam übertreten wurde? Dass wir nun nicht länger Teil der Herde sind, die blind und blöd hinter dem Zaun wartet, bis sie endlich zur Schlachtbank geführt wird? Jetzt stehen wir auf der anderen Seite des Zauns, alle vier.

Wer weiß, braucht nicht mehr zu glauben. Die Ikonen der Nacht sind starke Katalysatoren. Mystische Gedanken vermischen sich mit den Bildern des wirklichen Todes, unerbittlich durchwühle ich den weit geöffneten Schoß der Wahrhaftigkeit. Ich schreibe und schreibe, zwanzig Liedtexte in einer Woche. Noch nie zuvor habe ich so etwas erschaffen. Ich dränge darauf, in den Proberaum zu gehen, um den anderen zu zeigen, was da aus mir raus geflossen ist. Aber einer ist nicht gekommen.

Es ist ausgerechnet Henri, der sich noch in derselben Woche mit mir treffen will. Ausgerechnet an der Brücke, an der das Große geschehen ist. Er sagt, er komme jeden Tag her, seitdem.

- Warum das? Eine ungute Vorahnung schleicht um mich herum.

- Ich träume jede Nacht von seinem toten Gesicht. Von seinen toten Augen, wie sie geglotzt haben, als wir den Schlafsack zugemacht haben. Sie glotzen mich immer an, Tag und Nacht ...

- Das geht vorbei, beruhig dich mal. Und komm am besten nicht mehr her.

Aber er will das nicht hören.

- Sie verfolgen mich, verstehst du? Überall und immer. Ich glaub nicht, dass es vorbei geht, nicht einfach so.

- Was willst du tun?

- Denkst du nicht, dass es vielleicht falsch war, was wir gemacht haben? Dass es ein Fehler war?

- Falsch war es im Sinne der Gesellschaft, gegen die wir uns auflehnen. Wenn wir also wirklich an das glauben, was wir sagen, war es auch kein Fehler. Wenn wir nicht an das glauben, was wir sagen, sind wir nichts als Heuchler und nie was Anderes gewesen.

- Ich weiß nicht mehr, an was ich glaube. Ich will nur, dass es aufhört.

- Und wie willst du das erreichen?

- Ich stelle mich.

- Sicher nicht.

- Ich sage, ich habe es allein gemacht.

- Das werden sie nicht glauben, und selbst wenn, ist es Verrat. Verrat an dir selbst, an dem, was du jetzt bist und immer sein solltest.

- Damit muss ich dann wohl leben.

Die ungewohnte Entschlossenheit in seiner Stimme lässt Unruhe in mir aufsteigen, nagende Unruhe.

- Hast du irgendwem davon erzählt?

- Nein.

- Lass uns ein Stück gehen.

- Okay.

Alles ist gesagt, und so gehen wir schweigend am Fluss entlang, in den wir die Reste des Alten geworfen haben. Die bleiche Wintersonne bricht sich in den kleinen Wellen, die der Wind mit leichtem Messer in das Wasser schneidet. Bleich auch das Gesicht von Henri, schöner Henri mit deinem langen, glatten Haar. Du bist alles, was ich niemals war, niemals sein sollte.

Sohn unserer Eltern, das Beste von beiden in sich vereinend, genetisch und durch Zuneigung erworben – dein Gesicht.

Du willst immer gefallen, deshalb bist du schwach. Ich aber bin stark, denn ich gefalle niemandem.

Mit einem Mal überkommt mich das Verlangen, Henri zu umarmen, ein Gefühl, das ich noch nie zuvor verspürt habe. Ich drücke ihn fest an mich, ganz fest, und spüre dabei etwas wie eine muskuläre Irritation seines Körpers unter der nie gekannten, nie erwarteten, seltsamen Umklammerung, aber auch etwas wie Liebe. Schöner Henri, oh, Henri. Du musst jetzt gehen.

Während mein linker Arm noch immer um den Körper des Bruders geschlungen ist, gleitet die rechte Hand kaum merklich zur Hosentasche und zieht es heraus, das Messer. Es schnappt auf, es stößt zu. Einmal, zweimal, dreimal in den Rücken, mitten ins Herz.

Kein Wort, kein Schrei von Henri, dessen warmes Blut nun den gefrorenen Boden wärmt und nährt. Ich bleibe neben ihm sitzen, nehme all die Bilder auf, bis das Leben aus seinem Körper gesickert ist, bis kein Mensch mehr da im Gras liegt, sondern nur noch ein Ding. Ein Ding, das schnell kalt und blau wird. Transformation. Ich schleife es die Uferböschung runter. Behutsam lasse ich es in den Fluss gleiten. Die letzte Grenze ist gefallen.

Schon am nächsten Tag steht Sandra vor meiner Tür. Ihr Gesicht ist verquollen und sie scheint alle Kraft verloren zu haben, die ich noch vor ein paar Tagen zu sehen glaubte.

- Wo ist Henri?

- Was weiß ich?

- Alles weißt du, alles!

- Was soll das Gefasel?

- Du wusstest, dass Henri sich stellen wollte, ich weiß, dass du es wusstest.

- Willst du nicht reinkommen?

- Du hast ihn umgebracht, oder? Ihr Kinn zittert, ihr ganzer, hässlicher Körper ein einziges Zittern.

- Was redest du? Komm erst mal rein, und wir reden in Ruhe.

- Ich war heute Morgen bei den Bullen und habe ihnen erzählt, was wir getan haben. Was *du* getan hast. Hörst du?

Ich schweige.

- Ich weiß, dass du ihn umgebracht hast. Ich weiß es. Du hast deinen eigenen Bruder umgebracht.

Ein paar Tage später wird die Leiche von Henri gefunden, noch ein paar Tage später finden sie auch den Penner. Mark und Sandra werden wegen Körperverletzung mit Todesfolge verurteilt, ich wegen desselben und auch wegen Mordes an Henri. Was aus den anderen beiden wird, ist mir egal. Im Gerichtssaal lege ich den Schalter in meinem Kopf um und höre nichts mehr, sehe nur noch Münder, die auf- und zuklappen.

Ich kriege fünfzehn Jahre, keine Bewährung. Es macht mir nichts aus, ins Gefängnis zu gehen. Ich habe Zeit zum Lesen und Zeit zum Schreiben. Viel Zeit. Und ich habe die Bilder. Die Bilder, die nur mir gehören. Ich bin ein vorbildlicher, ein höflicher Insasse und tue alles, was sie mir sagen. Also lassen sie mich in Ruhe.

Bald schon geben sie mir einen Computer. Mehr brauche ich nicht, um endlich aufzunehmen. Alles, was die Bilder aus mir rausgeholt haben, in Musik zu transformieren, in herrliche Musik. Alleine ist es viel einfacher, alles geht schnell und ohne Mühe von der Hand. Die fertigen Aufnahmen schicke ich an ein polnisches Label, man ist sofort entflammt. Meine Geschichte tut ihr Übriges, die Szene hat lange darauf gewartet, dass noch mal so etwas Großes kommt.

Ich wollte nie gefallen, ich wollte immer nur sein, wahrhaftig sein und niemals heucheln. Es ist mir gelungen. Ich, und nur ich, bin KAIN.

DIE MÄDCHEN

Für Linda

Da ist eine!«, rief einer der Bauern, die sich zur Erntezeit um die Jauchegrube von Bauer Pölz versammelt hatten, obwohl die Sonne noch hoch am Himmel stand und die Felder warteten.

Mit betretenen Gesichtern sahen die Bauern zu, wie der Kran die Leiche des kleinen Mädchens aus der dampfenden schwarzen Gülle hievte. Die, die selbst Kinder hatten, senkten den Blick, Frau Pölz und Frau Innemann bekreuzigten sich.

Seit vier Tagen war die Bauernschaft weitläufig durchkämmt worden – jetzt hatte man die furchtbare Gewissheit, und es sank nun auch die Hoffnung, dass aus der 2,50 Meter tiefen Jauchegrube nicht noch mehr Unerträgliches zutage gefördert werden würde.

Wie die Bauern da so standen und trübsinnig in die Gülle starrten, wären sie nicht darauf gekommen, dass sich ein paar Meter weiter, im Holundergebüsch zwischen den beiden toten Apfelbäumen, jemand versteckte und mit klopfendem Herzen etwas sah, das ein Kind niemals sehen sollte.

Ein Jahr davor.

Elli und Karla waren Schwestern, was wohl niemand auf den ersten Blick angenommen hätte. »Schneeweißchen und Rosenrot« hatte Opa Pölz mal über die beiden gesagt, weil Elli strohblond war und Karla pechschwarze Haare hatte. Das war allerdings auch schon alles, was die beiden Bauerntöchter mit den liebreizenden Mädchen aus dem Märchen gemeinsam hatten.

Elli war stark, mutig und wild, aber auch übermütig und jähzornig. Jeden Tag hatte sie hundert neue Ideen, wie sie ihre Welt ein Stückchen größer machen konnte, und sie ließ sich von nichts und niemandem in ihre Pläne hineinpfuschen. Am wenigsten von Karla, die zwei Jahre jünger und bei fast allen Unternehmungen dabei war.

Karla war etwas kleiner und ängstlicher, aber zäh und flink, und sie lernte schnell.

Auch sie hatte viele abenteuerliche Ideen, kam aber selten zu Wort. Elli war eben die Ältere und konnte bestimmen, was sie mit der Hilfe und Rückendeckung ihrer Schwester anstellen wollte. So hatten sie in diesen Sommerferien zum Beispiel fast die halbe Ernte aus dem Gemüsegarten der Eltern oben an der Straße verkauft. Von den zehn Mark hatten sie Zigaretten am Automaten gezogen, die sie unten am See geraucht hatten, woraufhin, ganz zufällig, am nächsten Tag die alte Anglerhütte abgebrannt war.

Zwischen Elli und Karla herrschte die feurige Hassliebe, die man unter Schwestern oft findet. Sie gönnten sich nicht die Butter auf dem Brot, und im täglichen Kampf darum, wer die schönere Barbie hatte und überhaupt mehr von allem bekam, flogen auch gerne mal die Fäuste.

Wenn es aber gegen die anderen Kinder aus der Nachbarschaft ging, waren die beiden wie Pech und Schwefel. Die Innemann-Jungs, Bruno und Fred, waren ihre bevorzugten Opfer. So hatte Karla den kleinen Fred überredet, sich von Elli, vor der sich Fred noch mehr fürchtete als vor dem Uhu im Wald, die Haare schneiden zu lassen. Dabei war Elli ganz aus Versehen die Schere abgerutscht und mit der spitzen Klinge voran in Freds Hals gelandet, wo sie zu Ellis Enttäuschung nur eine schmale, blutende Furche hinterlassen hatte, die nicht mal genäht werden musste.

Kurz darauf hatten Elli und Karla den Innemann-Jungs ihre Fahrräder abgeluchst, indem sie ihnen im Kuhstall von Bauer Innemann ihre »Muschis« zeigten. So hatten sie nun Tag und Nacht die Möglichkeit, bis zum nächstgelegenen Dorf und noch viel weiter zu fahren, um ihr Unwesen zu treiben. Die kleine Kirche hinter der Brücke war dank der Räder kein weit entfernter Ort mehr, sodass es ganz einfach war, kurz vor der Sonntagsmesse einen guten Schuss Chlor in das Weihwasserbecken zu kippen. Auch den Friedhof konnten sie bequem erreichen, als Elli in den Sinn gekommen war, sie könnten doch die tote Katze von Opa Pölz zu ihm ins Grab legen.

In der letzten Sommerferienwoche wollte Elli das alles noch toppen. Ein paar Tage vor Schulbeginn, nachdem ihre Eltern raus aufs Feld gegangen waren, fuhren sie und Karla mit den Rädern los, über die Landstraße, wo sie Opa Pölzens tote Katze gefunden hatten, und den Waldweg bis runter zum Ewald-Hof.

Bauer Ewald war ein mürrischer, alter Mann ohne Familie. Seinen Hof bestellte er mithilfe einiger Schwarzarbeiter, die er zur Erntezeit aus Polen holte. Aus irgendeinem Grund hatte Bauer Ewald ein Herz für Karla, und so hatte er den beiden Mädchen zu Beginn der Ferien den Schweinestall gezeigt, in den er sonst keines der Nachbarskinder ließ.

Seit diesem Tag wusste Elli, wie man in den Stall kam, und genau das hatte sie an jenem letzten Sommerferienmontag vor. Karla musste natürlich dabei sein, auch wenn sie sich ein bisschen fürchtete. Wenn ihre Schwester so aufgekratzt war wie heute Morgen, dann hatte sie Schlimmes vor – das hatte Karla während der Ferien schon einige Male erlebt.

Zur Mittagszeit, in der Bauer Ewald immer genau zwei Stunden lang sein Schläfchen hielt, war der Ewald-Hof wie ausgestorben, und niemand sah oder hörte, wie die Mädchen in den Schweinestall einbrachen. Drinnen war es ganz still; die Sauen schliefen und wohl auch die schrecklichen schwarzen Eber, die in der dunklen Ecke hockten und mit einem dicken Eisengitter von den Sauen getrennt waren, damit sie den Ferkeln nichts tun konnten. Die allerdings waren trotz der allgemeinen Schläfrigkeit putzmunter, besonders eins, das kleinste und dünnste, quiekte wie von allen guten Geistern verlassen und versuchte, einen Platz am Euter einer der fetten Sauen zu ergattern, was ihm aber nicht gelingen wollte.

»Weißt du, was das ist?«, fragte Elli, und ein gefährliches Glitzern lag in ihren Augen.

»Klar, ein Ferkel.«

»Nöööt – falsche Antwort«, sagte Elli. »Das ist ein Tickmann. Ein Ferkel, das die Mutter nicht will und das nur Ärger macht.«

»Aha …«

»Deshalb muss der Bauer es irgendwann loswerden. Und wir helfen ihm dabei.«

»Was?« Karla war schon öfter erschrocken über die Ideen ihrer Schwester gewesen, aber das hier, was immer es auch werden sollte, ging mit Sicherheit zu weit.

»Los, hol ihn raus, den Tickmann!«, zischte Elli.

»Hol ihn doch selber raus!«

»Du bist so ein feiges Huhn, weißt du das?« Elli schüttelte verächtlich den Kopf und eine Sekunde später war sie auch schon über das Gatter gehüpft, mitten zwischen die Sauen und Ferkel, die von dem bösen Plan noch nichts ahnten. Voller Angst, aber auch mit Bewunderung beobachtete Karla, wie Elli fast ohne Anstrengung den arglosen Tickmann packte. Unter ihrem festen Griff fing das schwächliche Ferkel wie verrückt zu quieken an.

»Schnell, gib mir den Sack!«, flüsterte Elli aufgeregt. Karla traute sich nicht, zu protestieren, und holte den leeren Kartoffelsack aus Ellis Rucksack. »Los, aufhalten!«, befahl Elli und stopfte das Ferkel in den Sack, das sofort zu zappeln und zu quieken aufhörte, als es kein Licht mehr sah. Elli lachte. »Siehst du, wie dumm es ist?«

»Was hast du vor?«

»Das wirst du schon sehen«, antwortete Elli und band den Sack fest zu. »Schnell weg hier.«

Den Rucksack mit dem Tickmann auf dem Rücken raste Elli wie eine Verrückte mit Bruno Innemanns Rad über den Waldweg, Karla hinterher. Sie hatte keine Ahnung, was ihre Schwester mit dem Schweinchen vorhatte, bis sie über die große Wiese das Grundstück von Bauer Pölz erreichten.

Weitab von Ställen und Wohnhaus lag Pölzens Jauchegrube. Hier hatten Elli und Karla, unbeobachtet von den Erwachsenen, schon so einige Mutproben bestanden, zum Beispiel, wer auf dem Bauch liegend und das Gesicht über den Schacht haltend den Gestank am längsten aushalten konnte, oder wer sich traute, auf einem locker über die Grube gelegten Brett über die dampfende, giftige Brühe zu balancieren.

»Was denkst du, kann so ein Tickmann schwimmen?«

»Das will ich gar nicht wissen!«, schrie Karla, der jetzt dämmerte, was Elli Schreckliches vorhatte.

»Ich schon.«

»Elli! Hör auf damit!«

»Hör *du* auf, dich so anzustellen. Der Tickmann muss sowieso dran glauben. Entweder, die Mutter beißt ihn tot, oder Bauer Ewald dreht ihm den Hals um. Willst du das?«

»Nein!«

»Na also!«

Elli öffnete den Rucksack und holte den Sack hervor, in dem das kleine Ferkel, wohl durch die wilde Jagd über den Waldweg, in eine Art Schockstarre gefallen war.

»Hier!« Elli wollte Karla den Sack in die Hand drücken.

»Das mach ich nicht!«

»Das machst du wohl!«, befahl Elli. »Schließlich bin ich schon in den Stall gegangen und hab ihn gefangen. Jetzt bist du auch mal dran.«

»Nein!«

Karla drehte sich um und wollte weglaufen, da wurde sie von Elli am Handgelenk zurückgerissen. Gleichzeitig ließ Elli den Sack aus ihrer anderen Hand in die Jauchegrube fallen, wo das Schweinchen ohne großes Getöse, nur mit einem letzten, halb erstickten Grunzer, in der stinkenden Brühe versank. Mit weit aufgerissenen Augen starrte Karla in die Jauche, wo von dem Ferkel nur noch ein paar kleine, dunkle Blasen übrig waren.

»Und hier haben wir mal wieder den Beweis, was für ein dummes, feiges Huhn du bist«, sagte Elli, nicht ohne Befriedigung.

Diesmal war Elli zu weit gegangen, da war sich Karla ganz sicher. Ihren Eltern konnte sie aber natürlich nichts sagen, denn es war zu befürchten, dass sie dann als Nächste in der Jauchegrube landete. Tags darauf saßen die Mädchen mit den Eltern beim Mittagessen in der kühlen, schummrigen Stube. Es war normal, dass die Erwachsenen beim Essen nicht viel sprachen, aber heute herrschte am Tisch ein unnatürliches Schweigen, so, als ob etwas passiert wäre.

Als ob jemand gepetzt hätte, fand Elli. Rasend vor Misstrauen stellte sie Karla in der Waschküche zur Rede, nachdem die Erwachsenen zurück aufs Feld gefahren waren.

»Du hast mich verraten, du feiges Huhn!«, schrie Elli.

»Hab´ ich nicht.«

Ohne Vorwarnung stürzte Elli sich auf sie und schlug ihr mit der blanken Faust ins Gesicht.

»Und das war fürs Lügen!«

»Ich hab´ nicht gelogen!«

»Ach, und warum haben dann Mama und Papa kein Wort mit mir geredet?«

»Weiß ich doch nicht!«, brummte Karla und hielt ihre blutige Nase. »Mit mir haben sie doch auch nicht geredet.«

Später, beim Abendessen, erfuhren die Mädchen, warum es mittags so still gewesen war: Horden des gefürchteten Kartoffelkäfers waren am Morgen auf dem Hübnerschen Acker gesichret worden und hatten schon die halbe Ernte vernichtet. Karla war erleichtert, denn so, dachte sie, würde sie um die gefürchtete Verräterstrafe herumkommen. Aber sie irrte sich.

Anstatt dass Elli wieder friedlich geworden wäre, schlug sie Karla noch mal, diesmal härter, und drohte ihr, sie nachts im Bett mit ihrem Kopfkissen zu ersticken, sollte sie jemals auch nur auf den Gedanken kommen, irgendjemandem von dem Tickmann und der Jauchegrube zu erzählen.

Karla hatte das zwar nicht vor, wusste aber nun, dass sie nicht mehr sicher war. Denn Ellis Argwohn war so groß, dass sie Karla bei der kleinsten Auffälligkeit im Verhalten ihrer Eltern im Schlaf erstickt hätte, ganz egal, ob Karla sie nun wirklich verpetzte oder nicht. Also entschied Karla am letzten Sommerferientag, dass es Zeit war, mal eine von *ihren* Ideen in die Tat umzusetzen.

Dazu musste sie Elli nur zum Ewald-Hof locken, was kein Problem war. Es reichte der Hinweis, Karla habe dort etwas »Unglaubliches« entdeckt, und Elli war in ihrem berüchtigten Zustand rasender Neugier. In der Abenddämmerung fuhren die Mädchen zum Hof, wo Bauer Ewald schon im tiefen Schlummer des Rechtschaffenen lag. Karla führte Elli zum Schweinestall. Sie öffnete die Tür, und sie und Elli tauchten in den schweren Dunst von Gülle und welkem Kohl ein. Karla führte ihre Schwester direkt in die dunkle Ecke zu den riesigen Ebern, vor denen sie sich selbst am meisten fürchtete.

»Und was jetzt?«, fragte Elli ungeduldig.

»Jetzt beweise ich dir, dass ich kein feiges Huhn bin. Du musst nur kurz die Augen zumachen, bis ich *jetzt* rufe.«

Tatsächlich machte Elli die Augen zu und stand da wie ein blindes Kaninchen, sodass Karla genug Zeit hatte, das Eisengatter, hinter dem die Eber waren, aufzumachen und dann flink wie ein Eichhörnchen über das Stroh zur Stalltür zu laufen, durch den Türspalt zu schlüpfen und die Tür von außen leise zuzusperren.

Sie rannte zum Tor, wo sie die Fahrräder im Gebüsch versteckt hatten, und raste über die Feldstraße und in den Wald zu ihrem Geheimplatz, den Elli nicht kannte. Dort wollte sie eine Zeit lang abwarten. Wenn es Elli gelingen sollte, aus dem Stall zu kommen, würde sie Karla hier garantiert nicht finden.

Und wenn es ihr *nicht* gelingen sollte?

»Tja! Dann wird man morgen eben nur noch einen Haufen Knochen im Stall finden, weil die Eber alles andere von dir aufgefressen haben. Und wer wird rumschreien und heulen, wenn die Eber immer näherkommen mit ihren ekligen Rüsseln und mit ihren Hauern, mit denen sie auch die Ferkel totbeißen, wer wird dann Angst haben, he? *Du* wirst dann quieken wie ein Tickmann, Elli, aber keiner, keiner hört dich!«

Während Karla das den Fliegenpilzen unter ihrer Lieblingsbirke erzählte, wurde ihr ganz schön mulmig. Ein schreckliches Gefühl zog ihr die Eingeweide zusammen, so wie bei der Jauchegrube, nur heftiger. Denn diesmal war sie selbst zu weit gegangen.

Wie ein Hammer schlug ihr Herz, als Karla zurück zum Ewald-Hof raste. Was sie im halbdunklen Schweinestall fand, war aber nicht Elli. Es waren auch keine Reste von Elli, die wie ein riesiges, abgefressenes Brathähnchen dalagen – so hatte Karla sich das schlimmstenfalls vorgestellt. Es war nicht mal mehr ein Gerippe da, nicht mal ein Schuh. Nur ein langes, strohblondes, mit Blut verkrustetes Haarbüschel, das sich an dem schweren Eisentor verheddert hatte, hinter dem die Eber lauerten. Gelauert hatten! Denn auch die Eber, stellte Karla fest, waren verschwunden.

Sie taumelte aus dem Stall und entdeckte ganz hinten auf der Veranda von Bauer Ewalds Wohnhaus das leuchtende Rot von Ellis T-Shirt und dann auch die ganze, lebendige Elli. Zusammen mit Bauer Ewald stand sie dort und erzählte ihm anscheinend etwas sehr Wichtiges …

In dieser Nacht ging Karla nicht nach Hause. Sie wollte an ihrem Geheimplatz schlafen, aber die Geräusche der nächtlichen Kuhwiese und die Verzweiflung über das, was ihr blühen würde, wenn sie jemand fand, hielten sie wach. Am Morgen war sie vom Tau durchnässt und bis auf die Knochen durchgefroren.

Es hatte keinen Sinn, sie musste zurück nach Hause und zumindest ein paar Sachen holen, auch wenn Elli ihr den Hals umdrehen würde, falls sie sie erwischte. Sie wartete ab, bis ihre Eltern zum Feld gefahren waren, und schlich sich dann durch die Tenne ins Haus. In der Waschküche, als hätte sie ihr Kommen gewittert, stand Elli. Um den Kopf hatte sie einen blutigen Verband. Anstatt sich aber wie eine Furie auf Karla zu stürzen, stand sie nur schweigend da. Ein seltsames Lächeln lag auf ihrem Gesicht.

Als am Abend die Eltern vom Feld zurückkamen, war Karla immer noch am Leben, und Elli hatte immer noch kein Wort gesagt. Beim Abendessen waren die Eltern so müde und deprimiert wie immer seit dem neuerlichen Siegeszug des Kartoffelkäfers. Keine Spur von Wut, kein Wort von Strafe, gar nichts. Nur das Schaben der Löffel im Wirsing, und das Ticken der alten Kuckucksuhr über dem Schrank. Und da verstand Karla: Sie wussten überhaupt nichts.

Eine Zeit lang dachte Karla noch, es könnte alles nur ein Trick gewesen sein, und dass Elli nur auf den richtigen Moment wartete, um es ihr heimzuzahlen. Manchmal konnte sie nicht schlafen, weil sie glaubte, Elli neben ihrem Bett stehen zu sehen, das Kissen in der Hand. Aber das war alles nur Einbildung, und nichts passierte. Und als die Ferien vorbei waren, hatte Karla verstanden, dass auch nichts mehr passieren würde. Weil Elli jetzt kapiert hatte, dass Karla *kein* feiges Huhn war.

Die Schule fing wieder an. Jetzt musste auch Karla, sehr zu ihrem Ärger, einen Teil der großen Welt aufgeben und zur Schule gehen, und Elli kam in die dritte Klasse. Das Schuljahr verlief ohne besondere Vorkommnisse; jedenfalls gab es keine Vorkommnisse, von denen Eltern oder Lehrer je erfahren hätten. Auch die Nachmittage verbrachten die Mädchen, bis auf die normalen, harmlosen Scharmützelchen aus Neid oder Übermut, in fast schon verdächtiger Eintracht. Für ihre Ferienmissetaten zur Rechenschaft gezogen wurden die beiden nicht. Dafür aber jemand anders.

Zufällig hörte Bauer Ewald von einem seiner Arbeiter, dass dieser an dem Abend, als die kleine Elli Hübner den Ebern zum Fraß vorgeworfen worden war, das Fahrrad von Fred Innemann im Gebüsch vor dem Hoftor hatte liegen sehen. Diese Information kam Bauer Ewald gerade recht, denn er hasste die Innemann-Jungs, genau wie alle anderen Nachbarskinder, die ihm die Kirschen klauten und ihm Böller in die Kaninchenkäfige steckten. Noch mehr hasste er allerdings den Bauern Innemann selbst, mit dessen geldgieriger, betrügerischer Sippe ihn schon seit Generationen eine tiefe Feindschaft verband.

Also bereitete es Bauer Ewald ein bescheidenes, aber immerhin mal ein Vergnügen, dem Innemann und seiner fetten Frau mitzuteilen, dass ihr lumpiger, zurückgebliebener und offensichtlich krimineller Sprössling unlängst die kleine Hübner in seinen Schweinestall eingesperrt habe. Was genau genommen, in Anbetracht der berüchtigten, gnadenlosen Gefräßigkeit von Schweinen, schon durchaus als Mordversuch betrachtet werden müsse und daher hart bestraft gehöre.

Natürlich bestritt Bauer Innemann dem Erzfeind gegenüber die Beteiligung seines Jüngsten an der Missetat, glaubte dem kleinen Fred aber selbstredend keines seiner »Unschuldsworte«.

Also nahm er sich den Jungen vor, mit aller Härte, für die er sowohl von seinen Söhnen als auch von seinem Vieh gefürchtet war. In seiner Wut trieb er es aber diesmal zu weit mit dem Stock. Die Striemen und blauen Flecken hinterließen Narben, doch dieser Schmerz ging irgendwann vorbei. Seine Seele aber erlitt einen Schaden, der ihn ein Leben lang begleiten sollte.

Von all dem erfuhren die Mädchen nichts. Das ganze Schuljahr sehnten sie sich nur danach, weiter ihrer Wege zu gehen und großartige Abenteuer zu erleben, die ihnen Sport- und Sachkundeunterricht nicht bieten konnten.

Endlich kam der letzte Schultag. Nachdem Elli und Karla die Zeugnisse und das Mittagessen mit den Eltern hinter sich gebracht hatten, waren sie endlich wieder frei. Und im Angesicht sechs prächtiger Wochen hatten sie noch viel wildere Ideen als im letzten Jahr, und in der herrlichen Nachmittagssonne fühlten sie ihre Kräfte ins Unermessliche wachsen.

Irgendwas brachte sie an diesem ersten Ferientag auf die makabre Idee, nach der Anglerhütte und dem Friedhof auch an Pölzens Jauchegrube mal wieder nach dem Rechten zu sehen.

Sie staunten nicht schlecht, als sie feststellten, dass ihr Balancierbrett noch immer genauso über der Grube lag wie im letzten Jahr.

»Na, traust du dich noch?«

»Was denkst du denn.« Und schon marschierte Elli erhobenen Hauptes über das Brett. »Wir sollten ein schmaleres suchen, das hier ist für Babys.«

Als die Mädchen so hin- und her balancierten in ihren Prinzessinnenkleidchen und die Sonne auf ihren Armen und Beinen prickeln fühlten, wären sie nie auf die Idee gekommen, dass sie nicht allein waren. Dass da, außer Bremsen und Libellen, noch jemand anderes war, der sie beobachtete.

»Kehr, da is' ja auch die Andere!« Die Bäuerinnen brachen in Tränen aus, und sogar Bauer Ewald nahm seine speckige Stallmütze ab. Er stand noch immer mit den anderen Bauern um die Grube herum, die jetzt das ganze Ausmaß des in ihr verborgenen Grauens preisgab.

»Und ich hab´ denen noch immer gesagt, wech von die Jauchegrube«, seufzte Bauer Pölz kopfschüttelnd. »Datt kommt denn dabei raus.«

»Schade«, sagte dann Bauer Ewald. »Liebe Mädchen waren datt.«

Mit betretenen Gesichtern sah nun die halbe Bauernschaft dabei zu, wie jetzt auch das zweite, ehemals strohblonde Hübner-Mädchen aus der Jauche gezogen und neben dem ebenso elendig verkrümmten Leichnam der jetzt ganz Pechschwarzen auf die Plane gelegt wurde.

Die Bauern bemerkten nicht, dass sich da, unten im Gebüsch zwischen den beiden toten Apfelbäumen, der kleine Fred Innemann versteckte und mit wild klopfendem Herzen zusah.

DIE GABE

Leonhard

Am Eingang staut es sich, aber hinter der Absperrung sieht es so aus, als gäbe es wieder mehr Luft. Hier am Einlass, bewacht von einer Handvoll Polizisten, hat sich die Stimmung mit Frust aufgeladen, der Ton wird aggressiver, auf beiden Seiten des Zauns. Die Hitze ist schuld, Alkohol und auch das lange, lange Warten. Da gehen einigen die Nerven durch.

»Schneller, Mann, wir wollen rein!«

»Scheiße, macht doch endlich das verdammte Gitter auf!«

»Drecksbullen!«

»Pass auf, was du sagst, sonst kannst du gleich den Abflug machen, klar?«

Aber du siehst entspannt aus, Lenny. Etwas abwesend, wie immer. Dein Gesicht unter dem Baseballcap glüht von der Sonne, vielleicht auch von der Aufregung, und sieht so kindlicher aus als sonst. Hoffentlich ist es nicht zu voll da drin. So oder so, wir müssen rein – du hast dich schon die ganze Woche drauf gefreut. Wir sind extra hergefahren, drei Stunden zusammen im Auto, Schweigen.

Ist dir bestimmt peinlich, dass du mit deinem Alten hier bist. »Auf keinen Fall alleine«, meinte Iris. »Nicht, bevor er achtzehn ist. Die Drogen und das alles ...« Ich weiß, dass es nicht die Drogen sind, die sie beunruhigen. Wir hatten nie die Sorgen, die andere Eltern haben. Wir hatten andere. Sorgen, über die man nicht reden kann.

Na ja, Lenny, jetzt sind wir hier, und ich geb´ mir alle Mühe, dir nicht den Tag zu verderben, kannst dich drauf verlassen.

Vorne am Gitter wird es eng, ungemütlich. Von hinten wird geschubst, gegrölt, die ersten Flaschen fliegen über den Zaun. Die Sonne brennt, die Stimmung heizt sich weiter auf. Wird echt Zeit, dass sie uns reinlassen.

Endlich geht die Absperrung auf und ein Schwung Leute, wir mittendrin, strömt auf den weitläufigen Vorplatz, wo sich die Menge schnell verteilt. Das eigentliche Festivalgelände mit den Bühnen liegt hinter dem Tunnel, aber bevor wir da reingehen, wollen wir uns noch etwas von dem Gedränge erholen. Hier haben wir Luft, und die Musik kann man gut hören, die tiefen, dröhnenden Bässe, und auch die Melodien, die harmonisch ineinanderfließen.

Im Gegensatz zum Eingang sind hier nur strahlende Gesichter. Tanzende junge Leute, die endlich feiern wollen. Von mir aus könnten wir den ganzen Tag hierbleiben, anstatt uns wieder ins Gewühl zu stürzen, aber du willst ja die DJs sehen, und nach dem letzten Jahr steht dir ein bisschen Spaß zu, ein bisschen Normalität. Das tun, was alle jungen Leute tun.

»Willst du ein Bier?«

»Okay.«

An einem Stand kaufe ich zwei Bier, wir stoßen an. Du trinkst schnell. Bist es wahrscheinlich mehr gewohnt, als ich wahrhaben will.

Was weiß ich.

Was weiß ich, was du trinkst, was weiß ich, mit wem du dich triffst. Was du denkst.

Wenn ich dich so ansehe, bist du immer noch mein Lenny, trotz der breiten Narben an den Handgelenken, der Narbe am Hals. Vor allem der am Hals. Wenn ich sie sehe, die Narben, will ich dir so viel sagen, aber ich weiß nicht, was. Alles würde irgendwie platt klingen, wenig hilfreich. Also lassen wir das und trinken.

»Ihr Sohn ist ein seltsamer Junge«, hat der Arzt zu mir gesagt, als wir dich zum ersten Mal in der Klinik besuchten. Ich fand es merkwürdig. So was von einem Psychiater ... Warum ich ihn nicht gefragt habe, was genau er damit sagen wollte, weiß ich nicht. Vielleicht, weil ich Angst hatte. Aber wir sind hier, um zu feiern, nicht, um über so was nachzudenken.

»Noch eins?« Ich nehme dir die leere Flasche ab und drücke sie einem Pfandsammler in die Hand. Du machst dir eine Zigarette an.

»Gibt's doch gar nicht, du rauchst?!« Sollte so 'ne Art Scherz sein. Ich weiß das seit zwei Jahren, und du weißt, dass ich es weiß. Anflug von Lächeln im Schatten der Baseballkappe, ohne die du selten gesehen wirst. Unruhiges Lächeln.

»Mir geht's irgendwie komisch, Papa.«

»Schlimm? Willst du gehen?«

»Nein, ist okay.«

Du rauchst schnell. Menschen machen dich nervös, sagen die Ärzte. Du vermeidest es, ihnen ins Gesicht zu sehen. Warum, wissen sie nicht. Das neue Medikament soll gut sein. Aber das sagen sie ja immer.

»Ist wirklich alles okay?«

Ist es nicht. Das sehe ich daran, wie schnell dein Brustkorb sich wölbt und wieder zusammenzieht, an der Gänsehaut, die sich auf deinen schlaksigen Armen ausbreitet, obwohl wir fast 30 Grad haben. Dein Gesicht ist kalkbleich geworden unter dem Baseballcap. »Hast du irgendwas genommen?«, frage ich, und will mir im gleichen Moment die Zunge abbeißen. Du schüttelst nur langsam den Kopf, dein Blick hat sich auf dem staubigen Boden verfangen.

»Setz dich hier kurz hin, ich hole Wasser.«

»Nein.« Du springst auf, torkelst ein paar Meter, blickst dich nervös um, suchend, wie einer, der weiß, dass jemand hinter ihm steht. Jemand, von dem eine Gefahr ausgeht. Tatsächlich steht da ein Mädchen, vielleicht fünfzehn oder sechzehn, mit himmelblau gefärbten Haaren. Im Profil sieht man die Silhouette der bunten Schmetterlingsflügel, die sie auf dem Rücken trägt, ein hübsches Bild, eigentlich.

Aber du siehst etwas anderes, Lenny. Etwas, das nichts als Entsetzen auslöst, ein abgrundtiefes Entsetzen. Dein Gesicht versteinert, du zitterst am ganzen Körper. Alles an dir schreit Alarm.

»Komm, Lenny, wir ...«

Du schlägst die Hände vors Gesicht, hältst dir die Augen zu, ganz fest zu, und etwas wie ein erstickter Schrei kommt aus deiner Kehle. Kein Wort, nur ein Schrei, und eine dunkle, alte Qual hallt darin wider.

»Lenny! Was ist los?«

Was hast du gesehen?

»Lenny!«

Die Umstehenden, gerade noch mit Getränken und Vorfreude beschäftigt, hören auf zu reden, hören auf zu tanzen, starren dich an, so als hätte jemand plötzlich die Musik abgedreht, aber die Musik läuft weiter. Ich will nicht, dass sie dich anstarren, ich will nicht, dass jemand dich für seltsam hält. Das lasse ich nicht zu. Ich schirme dich ab vor ihren Blicken, vor ihrer gefräßigen Neugier, greife deinen Arm und ziehe dich weg von ihnen, weg von diesem Mädchen, das dir solche Angst gemacht hat.

»Ganz ruhig, Lenny. Das ist nur eine Panikattacke, das geht gleich vorbei. Komm, setz dich hier hin, ich hole einen Sani–«

»Nein!« Dann siehst du mich an. Deine Augen sind so übervoll von Verzweiflung, und ich fühle ein eisiges Ziehen im Magen, in den Eingeweiden, dass mich an irgendwas erinnert, etwas, das schon viel zu lange her ist. »Wir müssen hier raus! Hier passiert gleich was.«

Du sagst das mit so viel Überzeugung, dass ich weiß, es muss sofort gehandelt werden, auch wenn ich keine

Ahnung habe, wie du darauf kommst. Alles ist doch ruhig und friedlich hier.

Also zurück zum Einlass. Wo eben noch die Absperrzäune standen, ergießt sich jetzt ein dichter, schwitzender Menschenstrom auf das Gelände. Die Polizisten, die eben noch am Zaun standen, sind nicht mehr zu sehen. Ob sie das Gitter freiwillig aufgemacht haben oder einfach von der tobenden Menge überrannt worden sind, kann uns keiner sagen.

»Da kommen wir nicht mehr raus, guck mal, wie sich das dahinten staut.«

»Wir müssen da durch«, sagst du, »weiter aufs Gelände.« Eine andere Möglichkeit als den Tunnel haben wir jetzt sowieso nicht mehr, der Strom schwemmt uns einfach mit und schiebt uns in die Dunkelheit. In der Masse klebriger, dampfender, drängelnder Körper werden wir vorangetrieben. In Richtung Eingang wird es immer enger, aber die Menge ist nicht aufzuhalten. Unerbittlich drückt sie sich vorwärts wie ein einziger, fahriger Organismus.

Im Inneren ist es feucht und man kann kaum atmen, die Leute stehen viel zu dicht. Die wummernden Bässe, die vom Gelände kommen, hallen gespenstisch an den Betonwänden wider, pulsieren unter der gewölbten Decke. Wir sind fast in der Mitte des Tunnels, aber die Masse kommt kaum noch voran.

Du, rechts von mir, scheinst jetzt wieder ganz ruhig, konzentriert. Keine Spur mehr von dem Ausbruch eben, während sich um uns herum die Anspannung immer mehr zusammenballt. Links neben mir fängt ein Mädchen leise an zu weinen.

»Mir ist schlecht, ich will hier raus.«

»Du musst noch ein bisschen durchhalten«, sagt ihr Freund, »da hinten löst es sich bestimmt wieder auf.«

Es werden aber nicht weniger, je tiefer wir in den Tunnel kommen. Mehr Leute drängen vom Eingang her hinein, schieben sich in unsere Rücken. Und dann noch der Gegenverkehr, die Leute, die vom Festivalgelände zurück zum Einlass wollen. In ihren Gesichtern Irritation, Erschöpfung. Angst.

Sie wollen raus, um jeden Preis. Da muss was passiert sein, auf der anderen Seite, denke ich, schiebe den Gedanken aber weit weg.

»Geht nicht weiter«, ruft einer der Zurückströmenden in die nach vorne drückende Menge. Er zerrt seine Freundin in die Richtung, aus der wir gerade gekommen sind, ihr ist das Make-up übers ganze Gesicht gelaufen, sein T-Shirt hat einen langen Riss, an dem Blut klebt.

»Da vorne gibt's gleich Tote.«

Also zurück, aber auch vom Einlass her strömen weiter Leute in die Dunkelheit. »Geht zurück!«, rufen ihnen andere zu, die vom Gelände her kommen. »Da kommt keiner mehr durch!«

Wir schaffen es aus zurück auf den Platz, aber es wird nicht besser. Hier stockt die Masse vollständig. Kein Vor- und kein Zurück mehr. Die Leute, die weiter aus dem Tunnel geschwemmt werden, können das nicht sehen. Sie wollen nur raus, sie drücken und schubsen. Die Menge steht jetzt Bauch an Rücken, jeder Körper berührt mindestens vier andere, und der Druck steigt weiter.

»Ich kann nicht mehr, ich krieg keine Luft mehr!« Das Mädchen neben mir schluchzt, ihr Freund versucht, sie zu trösten.

»Du musst weiter atmen, du darfst jetzt nicht umkippen, sonst trampeln sie über dich drüber.«

»Stopp! Stopp! Hört auf zu schieben, hier geht's nicht weiter!«

»Bleib ruhig, okay? Die sehen das doch auf den Kameras, da kommt bestimmt gleich jemand und holt uns raus.«

Aber nirgends Polizei oder Security, keine Durchsagen, keine Sirenen. Nur ein unruhiges Meer von Menschen, das immer mehr die Kontrolle über sich verliert. Wie Krebse ineinander verhakt drängen sie jetzt auf den Platz, wo man eben noch Bier getrunken und sich auf die Party gefreut hat. Zu wenig Luft, zu viel Druck, ja, hier wird gleich was passieren, wenn keiner einschreitet.

»Hast du dein Handy?«, frage ich, falls wir uns in dem Gedränge verlieren, was ich um jeden Preis verhindern werde.

»Ja.«

Du sagst es aber so, als ob es überhaupt keine Rolle mehr spielt, und das macht mir Angst.

Panik verzerrt die Gesichter, die immer dichter an meinem auf und ab wogen wie unheimliche, unmenschliche Masken, fiebrig, nassgeschwitzt, die Augen aufgerissen, die Münder aufgesperrt. Hier muss es doch irgendwo Notausgänge geben! Aber da sind keine Schilder.

Es ist schwierig, überhaupt irgendwas zu erkennen. Einige versuchen, an der Mauer hoch auf die Brücke zu klettern, ein Junge in kurzen Hosen stürzt ab und wird von der wogenden Menge verschluckt. Andere versuchen, sich auf einen Container hochzuziehen, Zäune werden umgerissen, neben uns kippen die ersten um, andere schreien.

Die Treppe. Jetzt sehe ich sie auch, nur ein paar Meter entfernt. Eine ganz schmale, einbetonierte Treppe, nur mit einem Handgeländer gesichert, die wer weiß wo hinführt, aber weg hier, nur weg. Hunderte von Menschen scheinen in diesem Moment denselben Gedanken zu haben, und alle Dämme brechen.

Wie eine monströse Walze rollt die Menge auf die Treppe zu, über die schon die ersten zu flüchten versuchen. Reglose Körper junger Frauen und Männer, die im Gedränge bewusstlos geworden sind, werden von unten nach oben durchgereicht, manche fallen wieder.

»Nein, nicht dahin!«, höre ich dich schreien, dicht neben mir, aber es klingt ganz fern. »Lass meine Hand nicht los, hörst du?«

Aber es liegt nicht mehr in unserer Kontrolle, und wenn es das Ende ist, auf das wir zutreiben.

Lenny. Ich sehe dein Gesicht, ganz nah an meinem, deinen Blick, der so furchtbar und doch so anders ist als all die anderen suchenden, ratlosen, in Panik geweiteten Augen.

Weil du etwas gesehen hast, das kein anderer sehen konnte.

Ich kenne ihn schon, diesen Blick. Eben, bei dem Mädchen mit den Schmetterlingsflügeln, und auch schon früher, sehr viel früher. Du warst erst fünf Jahre alt, Lenny, es war ein schöner Sommertag, genau wie heute, als du mich gefragt hast:

»Papa, warum sehen Menschen so anders aus, wenn sie tot sind?«

»Woher weißt du, wie ein toter Mensch aussieht, Lenny?«

»Ich hab das tote Mädchen gesehen, unten am Teich. Die, die letztens hier war.«

Lilli Liebermann. So alt wie du, Lenny, ein süßes, gesundes Mädchen.

»Mach dir keine Sorgen, ich habe sie heute Morgen noch gesehen. Sie ist putzmunter.«

»Ja, noch«, hast du, ganz ruhig, zu mir gesagt.

Die kleine Lilli Liebermann. Wie du sie angesehen hast, als sie mit ihrem Vater zu uns kam, wie gebannt warst du von ihr, aber nicht in einem guten Sinn. Blanker Schrecken schrie aus deinen Augen, lähmte dein Gesicht. Ein Schrecken, der sich nicht in Worte fassen ließ. Wie du sie angesehen hast, Lenny. Die kleine Lilli Liebermann, die am Abend tot war.

Ich hatte das vergessen, Lenny, es tut mir leid. Ich weiß nicht, wie das passieren konnte. Wahrscheinlich, weil ich selber Angst hatte, furchtbare Angst, die ein Vater nicht haben darf, wenn es um seinen Sohn geht. Ich hätte mit dir reden müssen, versuchen, zu verstehen, auch, wenn die Wahrheit die Grenzen meiner Welt gesprengt hätte.

Aber ich habe es sofort vergessen, nachdem sie die Kleine aus dem Teich gezogen haben. Vergessen bis jetzt.

Jetzt, in diesem Moment, fällt es mir wieder ein. Hier, mitten im tobenden, sich selbst erdrückenden Meer aus

Köpfen, Armen, Brustkörben und Beinen, inmitten von Schreien und Schlägen und Fußtritten und dem Stampfen der Bässe, die am Beton widerhallen und in meiner Brust und sich gefährlich fremd in meinen Herzschlag mischen. Du hast denselben Blick wie damals, Lenny. Nur diesmal trifft er mich.

In den Sekunden, bevor die Welle bricht, sehe ich alles wie von oben. Wie ein Läusenest, in das zu viele Läuse geraten sind, das Wimmeln und Wogen vollständig erstarrt in einem einzigen, stummen Schrei. Und ich sehe jedes einzelne Gesicht, wie ähnlich sie sich alle sind, entstellt von Schmerz und Todesangst. Nur dein Gesicht, Lenny, das kann ich nicht mehr sehen.

Lenny

Dichter, dunkler, ächzender, röchelnder, wogender Dschungel. Beine, Füße, Arme, Hände, Finger, alles durcheinander. Ich muss wohl auf dem Boden liegen, die Welle muss mich runtergedrückt haben, aber ich kann den Boden nicht fühlen. Unter mir ist etwas Weiches, vielleicht ein Rucksack.

Ich weiß aber, dass es in Wahrheit etwas anderes ist. Weiß nicht, wo meine Arme und Beine sind, fühle sie nicht, sehe sie nicht, etwas Schweres liegt auf meiner Brust, etwas Warmes, Feuchtes.

Ein Ellbogen drückt in meinen Kehlkopf. Ich versuche, mich zu drehen – es geht nicht, ich bin eingeklemmt. Dann sehe ich ihr Gesicht, direkt unter mir. Lilli Liebermann. Nein, das ist sie nicht. Es ist das Mädchen, das ich vorhin gesehen habe. Die mit den Schmetterlingsflügeln.

Ihr Gesicht blau angelaufen, Schaum kommt aus dem offenen Mund, genau, wie ich es vorhin gesehen habe.

Dann wird es dunkel, und das ist wohl der Untergang, der schon immer um mich rumgeschlichen ist. Die Dunkelheit, die immer da war, seit ich mich erinnern kann, auch wenn sie sich nur selten zeigt. Niemand anders konnte sie je sehen oder fühlen, bis jetzt, und auch jetzt bin ich nicht sicher, ob ich nicht vielleicht doch der Einzige bin. Ich kenne sie schon lange, schon immer steck ich in ihr fest. Ein in allen Ecken dunkler Raum, der keine Fenster hat und keine Tür.

Dann wird es wieder hell, und ich muss meinen Vater finden.

»Raus jetzt hier, raus, raus, raus!«

»Meine Freundin, da unten ist meine Freundin!«

»Hier! Hier, hilf mir, verdammt, ich verrecke hier!«

»Bitte, helfen Sie mir, bitte, ich kriege keine Luft mehr!«

»Da ist jemand direkt unter mir gestorben, ich lag auf dem drauf, als der gestorben ist, der ist erstickt unter mir, verstehen Sie, was ich sage?«

»Polizei! Tut doch was, Mann! Warum tut ihr denn nichts?«

Menschen, die herum taumeln, Schreie, Sirenen, Rufe aus der Dunkelheit. Langsam gehe ich Richtung Tunnel. Flaschen, Scherben, Schuhe, Mützen, Handys, Sonnenbrillen auf dem Boden, dazwischen Menschen, die sich nicht mehr regen. Andere pumpen auf Herzen ein, die nicht mehr schlagen, drücken Luft in Lungen, die nicht mehr atmen, seit Minuten nicht mehr. Menschen liegen im Dreck, platt gedrückt, zerquetscht, verdreht, wie hingeworfen von der Welle, zu der sie auf einmal geworden sind. An der Treppe türmen sie sich wie Sandsäcke, einen nach dem anderen ziehen sie raus, verschüttet unter Bauzäunen, eingeklemmt zwischen anderen. Für einige ist es schon zu spät.

Mein Vater ist im Tunnel. Ich weiß es. Ich habe ihn dort gesehen. Polizeiwagen, Sanitäter, Verletzte auf Tragen, Verletzte unter goldener Rettungsfolie, dazwischen auch welche, die ganz zugedeckt sind und sich nicht mehr bewegen, nie mehr.

Ich finde ihn, ganz nah an der Wand. Von niemandem beachtet, nur sein Gesicht schnell überdeckt mit der Folie, weil es schlimm aussieht und keiner es sehen soll. Ich muss die Folie nicht hochheben, um das zu wissen. Ich habe es schon gesehen, kurz bevor die Welle brach. Genau wie Lilli und noch andere danach. Heute das Mädchen mit den Schmetterlingsflügeln und die, die jetzt hier im Tunnel liegen.

Neben ihm, an die Wand gelehnt, sitze ich und warte, ich weiß nicht, wie lange und auf was. Leute gehen vorbei, manche bluten, viele weinen. Manche lachen auch und filmen.

Eine Polizistin kommt und fragt, was ich da mache. Ich weiß nicht, wozu ich weggehen soll, aber das sage ich ihr nicht.

»Bist du verletzt?« Ihre Stimme ist rau, ihr Ton harsch. Vielleicht nur Fassade, weil sie nicht ertragen kann, was sie gerade erlebt. Was sie nie vergessen wird. Ihr Gesicht sehe ich nicht, weil ich sie nicht ansehen will. Weil ich niemanden mehr ansehen will, nie mehr.

»Nein.« Ehrlich gesagt weiß ich nicht, ob ich verletzt bin, und es spielt auch keine Rolle.

»Ist das da jemand, den du kennst?« Ihr Finger zeigt auf den mit Folie überdeckten Körper neben mir.

»Mein Vater.«

Obwohl ich ihr Gesicht nicht sehe, kann ich fühlen, wie sie die Lider kurz ganz fest zusammenpresst und nach passenden Worten sucht. Sie findet keine.

»Wie alt bist du?«

»Siebzehn.«

Luft zischt zwischen ihren Zähnen durch, ein hässliches Geräusch.

»Geh jetzt nach Hause«, sagt sie, nachdem sie mich eine Weile angesehen hat. »Ein Siebzehnjähriger sollte nicht bei den Toten sitzen.«

Am Ausgang stehen viele Leute. Manche sind still, manche reden und lachen, weil sie nicht mitgekriegt haben, was drin passiert ist, oder weil sie einfach feiern wollen, weiter feiern, Musik hören und tanzen, trotzdem. Dazu sind sie ja gekommen, und sie sind immer noch am Leben, genau wie ich.

»Warte!« Eine Hand an meiner Schulter, dann ein Gesicht, direkt vor mir, ein Gesicht, das ich kenne. Das Mädchen mit den Schmetterlingsflügeln. Kein totes Gesicht, sondern ein lebendiges, auch wenn sie die Flügel verloren hat.

Das kann nicht sein! Ich habe sie doch gesehen. Und sie war tot.

»Ich hab dich schon überall gesucht«, sagt sie.

»Warum?«

»Du hast mich rausgezogen!«

»Bist du sicher?«

»Ja, ganz sicher. Erinnerst du dich nicht?«

Sie versucht, zu lächeln, weil sie noch am Leben ist, und Lebende das eben tun, wenn sie zeigen wollen, dass sie sich freuen. Und freuen müssen wir uns, weil wir nicht gestorben sind wie so viele andere.

Ich habe mich noch nie getäuscht, bis jetzt. Wie ich da so stehe und merke, dass die Schmerzen kommen, fange ich an, zu verstehen: Dass der dunkle Raum vielleicht ein Fenster hat, auch wenn es keine Türen gibt.

Ich sehe sie an, ihr Gesicht ist bleich, ihre Finger blau gequetscht und ihr Arm in einer Schlinge, aber sie steht da und atmet und ihr Herz schlägt und pumpt Blut durch ihre Adern, so wie es sein soll. Dann laufen Tränen über ihr Gesicht und es bricht aus ihr heraus, das Grauen, das Minuten gedauert haben kann, Stunden oder Ewigkeiten.

»Da sind Leute gestorben, direkt neben mir, und ich konnte gar nichts machen.« Ohne was zu sagen, nehme ich ihre Hand, die unverletzte, und halte sie fest. Weil ich nicht weiß, was ich sonst machen soll. »Ich hab noch nie einen Toten gesehen, vorher. Keine Ahnung, wie ich damit leben soll.«

»Das müssen wir aber.«

Die Sonne steht jetzt tief über dem Gelände, und von der Bühne trägt der Bass eine schöne Melodie zu uns herüber.

Die Nacht ist noch weit weg.

JOHNNY

Es war ein ganz normaler Tag, als Johnny zum ersten Mal zu ihm kam. Seine Eltern waren nicht zu Hause und Johnny kam einfach in Peters Zimmer, ohne zu fragen. Und ohne zu fragen fing er an, von Dingen zu erzählen, von denen Peter gar nichts wissen wollte. Aber Johnny erzählte ihm alles, auch die Dinge, die Peter nicht verstehen konnte, und das waren viele. Er war ja erst sieben.

Johnny hatte Scheiße gebaut, sagte er. Er hatte sogar richtig Scheiße gebaut. Eine so schlimme Scheiße, dass keine Lösung mehr denkbar war. Peter wollte wissen, was Johnny Schlimmes getan hatte, aber das wollte Johnny nicht sagen.

»Hast du was geklaut, Johnny?«

Johnny presste die Lippen zusammen.

»Hast du dich geprügelt?«

So ging es immer weiter, aber Johnny wollte es nicht sagen. Bald hörte Peter auf zu fragen und fing an, zuzuhören. Johnny erzählte von seiner Freundin, Jennifer. Johnny hatte ihr auf der Kirmes einen großen Teddybären geschossen mit einem noch größeren Herzen in den Pfoten, und auf dem Herz stand »Für immer Dein«. Immer wieder erzählte er von diesem Abend auf der Kirmes, ihrem ersten

Abend. Johnny hatte einen Job auf der Kirmes gehabt, er schloss die Sicherheitsbügel am Karussell und sammelte die Chips ein, bevor das Karussell losfuhr. Dabei hatte er Jennifer kennengelernt.

Sie hatte ihn angesehen und gelächelt, obwohl er kein hübscher Kerl gewesen war, mit seinem Schielen, das sein Gesicht immer lächerlich wirken ließ. Nach Feierabend waren Jennifer und Johnny zusammen über die Kirmes geschlendert, und Johnny hatte Bier gekauft und Süßigkeiten und den Teddybären für sie geschossen. Wie sie gelacht hatte!

An diesem einen Abend hatte Johnny gedacht, es könnte doch noch alles gut werden. Normal werden, richtig werden. Und schon am nächsten Tag hatte er den Ring gekauft, den schönen goldenen Ring.

Aber das musste noch warten. »Auch, wenn man sich sicher ist, muss man bei manchen Dingen warten, bis der richtige Moment gekommen ist«, sagte Johnny. Und eines Tages war der Moment dann gekommen und Jennifer sagte ja. Jetzt konnte alles endlich richtig werden, hatte Johnny gedacht, doch so einfach war das nicht. »Ich wusste überhaupt nicht, wie man ein Mädchen anfasst«, erklärte er Peter und Verzweiflung war in seiner Stimme.

»Warum sollte man ein Mädchen denn anfassen?«

»Na, um sie heißzumachen.«

»Heißmachen?«

»Damit sie dich in ihr Höschen lässt.«

»In ihr Höschen?«

»Ja. Das macht man eben so, wenn man verheiratet ist.«

Peter verstand nicht, was Johnny ihm erzählte, aber das war auch nicht wichtig. Johnny wollte einfach nur erzählen. Er erzählte, dass Jennifer seine Hand genommen hatte. Sie hatte ihm alles gezeigt. So ein liebes Mädchen war sie. Und doch hatte Johnny sich vor ihr geekelt, vor ihrem Höschen und davor, was darin war. Er hatte alles damit gemacht, was sie ihm gezeigt hatte, doch er hatte nichts dabei gefühlt.

Nur wenn er das Dreckige tat, fühlte er sich richtig. Das war der Beweis, dass alles falsch war. Dass er falsch war. Aber die Einsicht half gar nichts und so fing er bald wieder an, an das Dreckige zu denken, immer daran zu denken. Und es kam der Tag, an dem er es wieder tun musste.

Am Anfang war Peter erschrocken, wenn Johnny in sein Zimmer gekommen war. Wegen des Kopfes, der hinten kaputt war. Ein großes Loch, durch das man das Gehirn sehen konnte. Und auch die Augen von Johnny waren unheimlich, so ungleich groß und überhaupt nicht mehr da, wo sie bei normalen Menschen waren. Johnnys Hände, sein Hals und sein T-Shirt waren voll mit Blut. Aber Peter gewöhnte sich schnell an den Anblick. Er gewöhnte sich immer schnell an Ungewöhnliches, weil das Ungewöhnliche schon oft zu ihm gekommen war.

Zum Beispiel einmal, als seine Eltern nicht da gewesen waren und er im Esszimmer Cornflakes gegessen hatte und dann plötzlich der Wolfsmann in der offenen Küchentür gestanden hatte. Ein großer Mann mit einem Wolfskopf, zwei Meter groß oder noch größer. Er hatte noch einen zweiten Kopf gehabt, der schlaff auf seine haarige Brust hing. Er hatte lange, dünne Arme gehabt, Menschenarme, und Menschenhände mit langen, dünnen Fingern und krummen gelben Fingernägeln. Er hatte Hufe gehabt wie ein Ziegenbock. Vor Schreck war Peter von seinem Stuhl aufgesprungen und hatte dabei die Schale mit den Cornflakes umgeworfen und die Milch war auf den Boden getropft. Dann war der Wolfsmann wieder verschwunden, Peter hörte aber noch die Hufe über die Küchenfliesen klappern. Wahrscheinlich ist er zur Terrassentür raus in den Garten gelaufen, hatte Peter gedacht und war hinterhergerannt. Er hatte den Wolfsmann nicht gefunden, aber er war sicher gewesen, dass er sich noch irgendwo im Garten versteckte. Manchmal hatte er immer noch das Gefühl, dass er ganz in der Nähe war, aber daran wollte er nicht mehr denken.

Eines Abends kam Peters Mutter in sein Zimmer, um ihn zuzudecken. Sie machte ein besorgtes Gesicht, wahrscheinlich, weil Peter wieder etwas getan oder gesagt hatte, das man nicht tun oder sagen soll.

Von den Dingen, die er manchmal sah, von *denen*, die manchmal zu ihm kamen, erzählte er ihr schon lange nicht mehr, denn sie setzte dann immer ihr Angstgesicht auf, das ihn so seltsam ansah, wie einen Fremden, sodass er sich fühlte, als sei er ganz allein auf der Welt.

»Mit wem hast du gestern Nacht gesprochen?«, fragte sie und wandte den Blick ab.

Er zuckte die Schultern. »Mit niemandem.«

»Ich habe dich gehört. Du hast über Dinge gesprochen, für die du noch viel zu klein bist.«

»Ich weiß nicht, Mom. Ich hab wohl geträumt.«

Er konnte seiner Mutter nicht erzählen, dass Johnny nun fast jede Nacht in sein Zimmer kam, und manchmal auch am Tag, wenn seine Eltern bei der Arbeit waren. Er kam nie durch die Tür, er war immer einfach im Zimmer, ganz plötzlich. Dann kam er nah an Peters Bett oder an den Schreibtisch, wenn er dasaß und malte, und erzählte von Jennifer und von dem Tag, an dem er es nicht mehr ausgehalten hatte. Das Leben mit Jennifer war eine Lüge gewesen, eine unerträgliche Lüge, aber die Wahrheit war noch viel unerträglicher. Und so war Johnny der Gedanke gekommen, dass er mit seinem kleinen, klapprigen Chevy zu einem bestimmten Feld fahren musste. Das Weizenfeld an der Stadtgrenze, da, wo auch das Schild stand, dass die Stadt hier aufhört und eine andere anfängt. Es war wichtig für Johnny, dieses Feld, erklärte er Peter. Er sagte aber nicht, warum. Genau dieses Feld musste es sein. Und es musste an einem Sonntag sein, genau in dem Moment, in dem die Sonne über diesem Feld aufging. Genau in diesem Moment hatte Johnny sich die alte Winchester, die er seinem Vater geklaut hatte, in den Mund gesteckt und abgedrückt.

»Du kannst nicht mehr herkommen, Johnny. Meine Mutter hat uns gehört.«

»Ich kann noch nicht gehen. Ich habe dir noch etwas zu sagen. Wenn der richtige Moment da ist.«

»Nein. Sag es mir jetzt.«

Johnny schien zu überlegen. Dann sagte er leise: »Jemand wird in euer Haus kommen.«

»Jemand?«

»Jemand. Er hat ein freundliches Lächeln und wird nett sein. Er wird dir etwas schenken. Aber dann wird er etwas Böses tun. Er wird dir wehtun. Er wird dir so wehtun, dass du nie mehr lachen kannst, dass du nie mehr etwas Gutes fühlen kannst, dass du überhaupt nichts mehr fühlen kannst außer dem, was er mit dir gemacht hat.«

»Woher weißt du das?«

»Das kann ich dir nicht sagen.«

»Wer ist es, Johnny?«

»Das weiß ich nicht. Aber ich warne dich.«

Beim Frühstück am nächsten Morgen sagte Peters Vater, dass er einen neuen Gärtner gefunden habe. Er sollte schon am Nachmittag kommen. Als Peter das hörte, blieb ihm ein Cornflake im Hals stecken und er verschluckte sich. Die Angst hatte seine Kehle ganz eng gemacht.

»Wozu brauchen wir einen Gärtner?«, fragte Peter.

»Jemand muss den Rasen mähen und die Hecke schneiden«, sagte sein Vater.

»Das kann ich doch machen!«

Peters Vater lachte nur.

Bill, der neue Gärtner, war schon ein alter Mann. Er hatte ein freundliches Lächeln und war sehr nett zu Peter. Aber Peter hatte Angst. Wegen dem, was Johnny gesagt hatte. Wenn Bill kam, blieb er in seinem Zimmer und beobachtete aus dem Fenster, wie der Alte die Hecke schnitt und den Rasen mähte. Einmal kam Bill zu ihm, nachdem er auf dem Klo gewesen war, und fragte, ob Peter Baseballkarten sammelte, er hätte noch ein paar übrig, die er ihm geben wollte. Peter antwortete nicht und rannte zum Spielplatz.

So machte er es jetzt immer, wenn Bill kam. Peter ging dann auf den Spielplatz, bis die Sonne unterging über dem Feld, in dem sich Johnny in den Kopf geschossen hatte. Peter konnte es von der Schaukel aus sehen.

Warum dieses Feld? Das fragte sich Peter jedes Mal, wenn er auf der Schaukel saß und wartete, bis Bill endlich weg war. Manchmal dachte er, es könnte auch für ihn eine Bedeutung haben. Aber das war nur ein Gefühl, für das er keine Erklärung finden konnte.

In den nächsten Wochen kam Johnny nicht mehr in Peters Zimmer. Bill kam jeden Mittwoch, aber nichts Schlimmes passierte. Peter hatte immer noch Angst, und er wusste, die Angst würde nicht weggehen, solange Bill nicht verschwand. Er hatte seinen Eltern nicht gesagt, dass er Angst vor Bill hatte, Angst hatte, dass er ihm etwas tun würde, denn dann hätte er ihnen von Johnny erzählen müssen, und das ging nicht. Er hatte versucht, Gründe zu erfinden, warum sie Bill rausschmeißen sollten, aber sie wollten nicht auf ihn hören. Bill machte seine Arbeit gut und wollte nicht viel Geld dafür. Außerdem war er immer nett und freundlich und ließ sich auch sonst nichts zuschulden kommen.

Dann kam Thanksgiving. Peters Eltern hatten die ganze Familie eingeladen, die allerdings nicht sehr groß war. Onkel Robert, Tante Kate und ihre beiden Kinder Matt und Suzie. Am Nachmittag stand Peter am Fenster seines Zimmers und beobachtete, wie sie mit ihrem schönen, alten Mercedes angefahren kamen. Er versuchte, sich über den Besuch zu freuen, aber es gelang ihm nicht.

Seine Mutter hatte ihn gebeten, zum Essen einen bestimmten Pullover anzuziehen, einen von den guten Strickpullovern mit Zopfmuster. Er ging zum Schrank und öffnete ihn. Da guckte ihn der kaputt geschossene Kopf von Johnny an, der auf genau diesen Moment gewartet hatte. Peter blieb vor Schreck fast das Herz stehen. In den letzten Wochen ohne Johnny hatte er fast vergessen, wie unheimlich der kaputte Kopf aussah, wie schlimm die Augen waren und wie schrecklich das Blut auf Johnnys Hals und seinem T-Shirt leuchtete.

»Pssst, Peter, es ist soweit«, flüsterte Johnny.

»Was meinst du?«, fragte Peter, vor Angst wie gelähmt.

»Hör mir genau zu. Du musst jetzt etwas tun. Geh runter, geh nach draußen zu Onkel Roberts Auto und öffne den Kofferraum. Achte darauf, dass dich niemand sieht. In dem Kofferraum ist eine Reisetasche, und in der Tasche ist ein kleinerer Koffer mit einem Schloss dran. Hol den Koffer und bring ihn zu mir.«

Peter zog den guten Pullover an und schlich sich die Treppe runter. Seine Eltern waren mit Onkel Robert, Tante Kate und den Kindern im Wohnzimmer. Noch schien ihn niemand zu suchen. Er schlich weiter in die Küche und ging raus in den Garten. Auf Socken lief er durch den Garten bis zur Auffahrt, wo der Mercedes von Onkel Robert stand. Er öffnete den Kofferraum und sah die Reisetasche, machte sie auf und fand auch den Koffer, von dem Johnny erzählt hatte. Den Koffer versteckte er unter seinem Pullover und schlich zurück ins Haus.

Oben wartete Johnny schon auf ihn. Er nahm ihm den Koffer ab und drehte an den Zahlenrädern. Der Koffer sprang auf. Johnny wühlte darin herum, bis er gefunden hatte, was er suchte: ein dünnes schwarzes Büchlein aus Leder.

»Gib das deinem Vater«, sagte Johnny. »Mach es bloß nicht auf. Gib es ihm, wenn er alleine ist.«

Peter ging runter ins Esszimmer. Die ganze Familie saß schon am Tisch, Onkel Robert tranchierte den Truthahn und verteilte die Fleischstücke auf den Tellern. Peter stocherte mit der Gabel auf seinem Teller herum. Er wartete, bis sein Vater in die Küche ging, um neuen Wein zu holen. Dann sagte er, er wolle sich die Hände waschen und ging seinem Dad hinterher. Er gab ihm das Buch.

»Was ist das?«, fragte sein Vater, aber Peter wusste nicht, was er antworten sollte.

»Guck es dir einfach an.«

»Hat das nicht bis nach dem Essen Zeit.«

»Nein!«

»Was ist denn in dich gefahren, Pete?«

»Bitte! Guck es dir jetzt an.«

Sein Vater runzelte die Stirn. Er machte dasselbe Gesicht, das seine Mutter auch gemacht hatte, als Peter ihr von dem Wolfsmann erzählte. Peter schämte sich. Aber sein Vater schlug tatsächlich das Buch auf und blätterte darin.

»Das ist von Onkel Robert. Das ist seine Schrift. Woher hast du das, Pete?«

»Das kann ich dir nicht sagen«, sagte Peter und fühlte, wie ihm Angst und Verzweiflung die Tränen in die Augen trieben.

Sein Vater schlug das Buch zu und erhob die Stimme: »Warum hast du ...«

Da fiel etwas aus dem Büchlein auf den Boden. Es waren Fotos, aber sie lagen mit der Bildseite nach unten. Peters Vater bückte sich und hob die Fotos auf. Er ordnete sie und sah sie an, eins nach dem anderen, und sein Gesicht erstarrte. Er schwankte. Peter dachte, sein Vater würde einfach umfallen. So hatte er den sonst so starken Mann noch nie gesehen. Mit zittriger Hand stellte der nun die Weinflasche auf den Küchentresen. Die Flasche wackelte, blieb aber stehen. Er legte die Fotos daneben, wieder mit der Bildseite nach unten.

»Geh in dein Zimmer«, sagte er mit heiserer Stimme, die keinen Widerspruch zuließ.

Peter ging nach oben, wo Johnny schon auf ihn wartete.

»Gut gemacht«, sagte Johnny.

Unten hörte Peter jetzt seinen Vater schreien. Das war ungewöhnlich. Es konnte nur bedeuten, dass etwas Schreckliches passiert war. Etwas, das mit den Fotos zu tun hatte. Jetzt hörte Peter auch seine Mutter schreien. »Robert! Was ist das? Das – das kann doch nicht wahr sein!« Dann schrie auch Tante Kate. Nur von Onkel Robert war nichts zu hören.

Stille. Nach einer Weile hörte Peter die Haustür ins Schloss fallen. Er ging zum Fenster und sah, wie Onkel Robert langsam über den Rasen ging, die Auffahrt hoch, sich in sein Auto setzte und wegfuhr. Ohne Tante Kate und ohne Matt und Suzie.

Peter drehte sich um und sah, dass Johnny lächelte.

»War Onkel Robert der Jemand, vor dem du mich gewarnt hast?«

Johnny nickte.

»Dann hast du mich gerettet?«

Johnny hörte auf zu lächeln. Sie schwiegen eine Weile.

Dann sagte Peter: »Johnny, du hast gesagt, dass Onkel Robert etwas mit mir gemacht hätte und dass ich danach nie wieder etwas Gutes fühlen und nie wieder lachen könnte.«

»Ja.«

Peter kaute eine Weile auf seiner Unterlippe. Er traute sich nicht recht, das zu sagen, was er jetzt sagen musste.

»Ich weiß nicht, wann ich das letzte Mal etwas Gutes gefühlt oder gelacht habe. Obwohl du mich gerettet hast.«

»Ich weiß. Es tut mir leid, kleiner Prinz. Ich kann es nicht wiedergutmachen, aber ich wollte versuchen, dir zu helfen, damit es nicht noch schlimmer wird.«

»Manchmal glaube ich, wir haben uns früher schon mal gesehen. Aber ich erinnere mich nicht.«

»Weißt du, Peter, manchmal erinnern wir uns nicht, weil es besser ist, sich nicht zu erinnern. Und manchmal haben wir Angst, aber wir wissen nicht, wovor. Und dann bilden wir uns Dinge ein. Dinge, die zu uns kommen, um die Angst zu erklären.«

Peter verstand die Worte nicht, aber er verstand jetzt, dass etwas Schreckliches passiert war. Dass das Schreckliche schon längst passiert war, schon vor langer Zeit. In einer Zeit, die so weit zurücklag, dass er sich nicht erinnern konnte, so sehr er es auch versuchte. Und vielleicht war es besser, es nicht weiter zu versuchen. Johnny lächelte schief.

Ein Lächeln, das Peters Herz gefrieren ließ. Das Lächeln des Wolfsmanns.

Es war das letzte Mal, dass er Johnny sah.

DAS NEST

Der Anblick war so ungeheuerlich, dass er kurz das Gefühl hatte, sich übergeben zu müssen. Gleichzeitig war er fasziniert, denn so etwas hatte Dr. med. vet. Xaver W. weder in der Praxis, noch in der Literatur jemals zuvor gesehen oder auch nur für möglich gehalten. Es musste wohl eine neue, aggressive und äußerst robuste Unterspezies der Gattung Coccinellidae sein, vermutlich aus Asien eingeschleppt, die sich da am oberen Gaumen des Labradors eingenistet hatte und dem alten Kerl wohl schon seit Wochen das Leben schwermachte.

An die hundert der bleichroten, mit schwarzen Punkten übersäten Biester hatten sich auf der empfindlichen Schleimhaut angesiedelt und schon eine eitrige Entzündung des gesamten Rachenraums verursacht. Daher die Abgeschlagenheit, daher der Gestank und der gelbliche, klebrige Schaum, den die Auszubildende Janine soeben mittels Papiertuch von den Lefzen entfernt hatte.

Von der Seite musterte Xaver ihr vor Ekel und Mitleid verzerrtes Pferdemädchengesicht. Etwas regte sich in ihm, allerdings kein Mitgefühl. Er stellte sich vor, wie es wohl wäre, seinen seit Tagen ungewaschenen Schwanz zwischen ihre wulstigen, vor Schreck weit offen stehenden Lippen zu drücken. Doch das musste noch ein Weilchen warten.

»Wie lange hat er nicht gefressen, Frau Lüders?«

»Seit zwei Tagen gar nichts mehr«, antwortete die Halterin des Labradors mit brüchiger Stimme.

Die Besitzer waren das eigentlich Enervierende an dem ansonsten seinem Wesen durchaus entgegenkommenden Beruf des Tierarztes. Er verachtete sie wegen ihrer Gefühlsduselei, wegen ihrer Kurzsichtigkeit, ihre Herzen an Kreaturen zu hängen, deren Lebenserwartung denkbar beschränkt war. Am meisten Abscheu bereiteten ihm die einsamen, alten Trockenpflaumen, die mit ihren Jammerleben nichts Sinnvolleres anzufangen wussten, als ihre Hunde, Katzen und Papageien zu Tode zu hätscheln, anstatt sich dem Naturgebot der Fortpflanzung zu fügen – nicht, dass das ein Verlust für die Menschheit wäre.

Ein solches Exemplar war auch Berthe Lüders, die Halterin des von jener seltsamen Käferpest befallenen Labradors. »Janine, bereiten Sie bitte schon mal die Anästhesie vor«, ordnete er an und bedeutete Frau Lüders, zu ihm zu kommen und einen Blick in den aufgesperrten Rachen ihres Lieblings zu werfen. »Ich glaube, wir haben die Übeltäter gefunden.«

Der Anblick des verseuchten Mauls ließ ihre Hand gen Mund schnellen, sodass Xaver schon fürchtete, sie würde ihm auf seine neuen Berluti-Slipper kotzen. Doch dann ließ sie die Hand wieder sinken, und Tränen rollten ihre Krähenfüße entlang.

»Na, na, Frau Lüders. Kein Grund zum Weinen! Wir geben ihrem Django jetzt eine kleine Spritze, damit er schön stillhält, und dann entfernen wir die Biester. Keine Sorge, er wird bald wieder ganz der Alte sein. Wenn Sie im Wartezimmer Platz nehmen mögen? Das hier kann ein bisschen dauern.«

Nachdem sie den Raum verlassen hatte und die Betäubung zu wirken begann, drückte Xaver die Kiefer des Hundes mit grobem Griff auseinander und begann damit, das Nest mit der Pinzette abzutragen. Die entfernten Insekten setzte er, eins nach dem anderen, in eine Petrischale, die von Janine jedes Mal sorgfältig verschlossen wurde.

Nach dieser verstörenden Operation schickte er die Auszubildende nach Hause, hauptsächlich, damit er den Geruch ihrer Muschi nicht mehr ertragen musste, die sie wahrscheinlich zweimal täglich mit Nivea-Seife wusch.

Dann wandte er sich der Petrischale zu, in der die bleichroten Kreaturen sich nach dem Verlust ihres dunklen, feuchten Heims in abscheulicher Weise belebt hatten.

Xaver brachte die Schale in den Hinterhof zum Container, einem vor den Augen der Tierhalter aus gutem Grund verborgen gehaltenen Ort. Hier nämlich wurden die abgeschnittenen Eier, herausgetrennten Gebärmütter, eingeschläferten Kadaver und sonstigen Überreste ihrer Lieblinge verwahrt, bis sie am Morgen zum Tierkrematorium transportiert und dort endgültig entsorgt wurden.

Anstatt die Petrischale einfach in den Container auszukippen und die Biester sich an den Leichenteilen laben zu lassen, stellte Xaver das Behältnis auf den Boden und machte sich daran, die Käfer samt Schale unter seinen Berlutis zu zertreten. Er erwischte nicht gleich alle, doch er hörte nicht auf, bis er sicher war, jeden einzelnen seiner gerechten Strafe zugeführt zu haben.

Zu Hause angekommen, stellte er mit Erleichterung fest, dass Lydia bereits ins Bett gegangen war. Unterwegs hatte er nämlich via App eine dringliche Anfrage bekommen, die eine Begehrlichkeit zum Ausdruck brachte, der er sich nach diesem harten Tag in der Praxis weder widersetzen wollte, noch konnte. Bei dieser Art von Begehrlichkeit spielte es für ihn keine Rolle, ob der begehrende Part ebenfalls begehrenswert war, und auch Alter und Geschlecht waren vollkommen irrelevant für seine eigene Befriedigung.

Nachdem er sich davon überzeugt hatte, dass Lydia in tiefem Schlummer lag, schlich er hinunter in den Keller, wo er einige Stoffe und Utensilien verwahrte, die ihn bei Laune halten würden.

Zunächst bereitete er sich eine großzügige Dosis Kokain für seinen bereits seit Stunden lechzenden Organismus zu, dann drehte er die Heizung auf, entledigte sich seiner Kleidung und rieb seinen Schwanz mit Vaseline ein. Unter Rekurs auf das ihm weit offen stehende Schreckmaul Janines begann er nun, eine Erektion herbeizuführen, die es einigermaßen wert war, fotografiert und an einen gewissen, in ungeduldigem Begehren auf genau dieses Foto Wartenden gesendet zu werden.

Den Rest der Nacht vertrieb er sich mit der Befriedigung seiner nach immer mehr Drogen gierenden Synapsen sowie mit dem Empfangen und Betrachten verwackelter

Fotos, vornehmlich von Vaginas, in die bestimmte Gegenstände seiner Wahl eingeführt wurden; Aufnahmen, die er den Senderinnen mithilfe seiner sämtlichen Verführungsstrategien aus den Rippen leierte.

Im Lauf der Nacht legte er noch viele Male Hand an sich, so lange, bis er sich vom Kokain und den immer nur tröpfchenweise ausgeführten Ejakulationen völlig ausgelaugt fühlte. Dann zog er seine Shorts an, ging die Treppe hoch, löschte das Licht und verschloss die Kellertür.

Im Schlafzimmer hörte er Lydia ruhig atmen. Er legte sich zu ihr, schmiegte sich an ihren Rücken, befühlte ihren straffen Kugelbauch und genoss die gesunde Wärme, die von dem ausstrahlte, was darin ruhte.

Als Xaver erwachte, war das Bett schon kalt und er hörte Lydia durch die geschlossene Tür fragen, ob er nicht langsam in die Praxis müsse.

»Ja, ja. Ich stehe gerade auf. Wo bist du gewesen?«

»Beim Arzt«, antwortete sie. Xaver dachte sich nicht viel dabei, Schwangere mussten schließlich andauernd zum Arzt.

Vielmehr beunruhigte ihn sein eigener Zustand, eine zittrige Nervosität gepaart mit Juckreiz, der von den Genitalien bis hinauf unter die Schädeldecke ausstrahlte.

Gestern Nacht war er wohl etwas zu weit gegangen. In diesem Zustand konnte er unmöglich in die Praxis gehen. Eine kurze Nachricht an seinen Kompagnon musste genügen, die paar Kastrationen und Euthanasien heute würden Frank wohl nicht überfordern, derweil er selbst sich auf die Jagd nach dem Allheilmittel machte.

Dazu musste er mit der U-Bahn Richtung Stadtrand fahren und dann, mit fahrigen Schritten und hochgeschlagenem Kragen, wenige Meter bis zu einer gewissen Wohnung gehen, in der ein gewisser Jemand mehr hauste als wohnte. Er hatte Lissy in einem Sexchat kennengelernt, und so war seine Besorgung leider an gewisse Leistungen gebunden, die ihm an diesem trüben Vormittag äußerst ungelegen kamen. Dafür gab es mehrere Gründe. Zum einen fühlte er sich nach der gestrigen Orgie kaum in der Lage, eine funktionsfähige Erektion zu bekommen. Auch das schlappe Saugen ihres von einem alten Herpes gezeichneten Mundes war nicht gerade hilfreich. Zum anderen gehörte zu ihrem Vorprogramm auch ein ausgiebiger Cunnilingus, für den weder ihre Dörrfotze noch sein vom vergangenen Exzess verwüsteter Mund sich heute sonderlich eigneten.

Ein paar Dosen Bier und ein paar Nasen Koks später stand er aber immerhin so weit seinen Mann, dass er ein paar Minuten lang in ihrem stinkenden Loch herumbohren konnte, während sie in lustloses Stöhnen verfiel. Die einzigen Momente, in denen er sich nach Sex mit Lydia sehnte, waren die, in denen er solche Frauen fickte.

Als er merkte, dass seine Erektion beim Anblick des aufgesperrten Herpesmauls nicht mehr lange durchhalten würde, ließ er von ihr ab, um ihren wie ein Brett daliegenden Körper mit einem Ruck auf den Bauch zu drehen. Just in dem Moment krabbelte etwas Bleichrotes von der Hüfte her über ihre Rückseite und in die Arschritze gen Anus, wo es auf Nimmerwiedersehen verschwand.

Mit einem spitzen Schrei sprang Xaver aus dem Bett, und torkelte, sich mit einer Hand die Haare raufend, mit der anderen seinen nun wieder juckenden Sack haltend, rücklings auf die Schlafzimmertür zu.

»Was ist?«, fragte Lissy; offensichtlich hatte sie in ihrer Umnachtung nicht mal gemerkt, dass gerade ein verfluchter Marienkäfer in ihren Darm gekrochen war.

»Ich muss los, ein Notfall in der Praxis«, behauptete Xaver, ohne auch nur pro forma auf sein Handy geguckt zu haben. Dann schwatzte er ihr noch etwas Coke und ein paar Benzos ab und machte sich davon.

Dr. med. vet. Frank Mertens hielt mit offenem Mund inne, als er seinen Kompagnon in bemerkenswert heruntergekommenen Zustand in die gemeinsame Praxis stürmen sah.

»Xaver, was – ist mit dem Baby alles okay?«

»Ja, ja«, murmelte Xaver, der schon in den Schubladen nach etwas suchte und die übrigen Anwesenden in Behandlungsraum 1 nicht weiter wahrnahm. »Du kannst nach Hause gehen, Frank, ich übernehme hier den Rest. Du auch, Janine.«

Die paar Termine, die für den Rest des Vormittags anstanden, würde er auch alleine schaffen. Und bei dem, was er zuvor zu tun hatte, konnte er keine Zeugen gebrauchen.

Nachdem sie gegangen waren, schloss Xaver sich in Behandlungsraum 1 ein, riss die Jalousien herab und zog sich bis auf das nassgeschwitzte T-Shirt vollständig aus. Mit zittrigen Händen begann er nun, seine Genitalien zu untersuchen, wobei er nicht gerade zimperlich vorging. Am Schwanz selbst war nichts Absonderliches festzustellen.

Doch sein Gefühl sagte ihm, dass das Unheil tiefer verborgen lag. Er fand es, als er den hinteren Teil des Hodensacks befühlte. Dort ertastete er, an der Rückseite des Skrotums bis hin zum Perineum, die vielen kleinen, harten Halbkügelchen, die sich unter seinen Fingern beinahe unmerklich bewegten.

Voller Entsetzen griff er zum Vergrößerungsspiegel und entdeckte genau das, was er befürchtet hatte: ein bleichrotes, saugend auf- und abwogendes Nest. Um Fassung ringend, schluckte er zunächst zwei Benzos, um sich auf das Folgende vorzubereiten. Dann griff er zur Pinzette und begann mit äußerster Konzentration, den Befall Stück für Stück abzutragen, wobei er die entfernten Individuen diesmal sofort in einem Behälter mit Chloroform ertränkte.

Als er nach Hause kam, war sein einziges Glück, dass die Benzos endlich ihre volle Wirkung entfaltet und sich die Zerrüttung seiner Nerven in vollständige Dumpfheit aufgelöst hatte. Er hatte sich gerade im Bad eingeschlossen, um sich mit Wundsalbe einzuschmieren, als es an der Tür klopfte. Es war Lydia, und sie wollte reden.

»Wir reden morgen, mein Schatz«, gab er mit Schmeichelstimme zur Antwort. »In der Praxis war die Hölle los, bin völlig am Ende.«

In der Annahme, dass seine Frau daraufhin ins Bett gehen würde, begab er sich in den Keller, krümmte sich auf dem Sofa zusammen und wartete darauf, dass ihn das nachgelegte Benzodiazepin von seinen Leiden erlöste.

Am nächsten Morgen befand er sich in einem Zustand der Zombiefikation, die sich nur durch eine einzige

Maßnahme so weit auflösen ließ, dass er zur Arbeit gehen konnte. Die Selbstmedikation gestaltete sich an diesem Tag jedoch kompliziert. Seine Nasenschleimhäute waren derart zugeschwollen, dass er nur durch den Mund atmen konnte.

Es blieb also nur noch eine zwar drastische, aber nicht ganz ungewohnte Möglichkeit, das Kokain dort zu platzieren, wo es hinmusste. Vorsorglich hatte er in einer Schublade im Keller ein aus der Praxis entwendetes Spritzbesteck deponiert, sowie einen Gaskocher, mit dem er die Droge verflüssigen konnte.

Auf dem Plan stand heute neben den üblichen Impfungen und Kastrationen auch die etwas kompliziertere Zahnbehandlung eines nierenkranken Katers. Die Behandlung war dringend erforderlich, da das Tier aufgrund der Schmerzen seit Tagen die Nahrungsaufnahme verweigerte und die Flanken bereits stark eingefallen waren. Die für die Operation erforderliche Narkose war jedoch mit einem gewissen Risiko verbunden. Aufgrund der Nierenfunktionsstörung konnte nicht ausgeschlossen werden, dass das Tier die OP nicht überlebte. Das hatte er der Besitzerin, einer Studentin, deren Reize er durchaus wahrgenommen hatte, bereits vor einigen Tagen erklärt. Erst nach langem Zaudern hatte sie der Operation zugestimmt. Nun hockte sie im Wartezimmer und vertraute darauf, dass ihr Liebling bald wieder erwachte.

Gerade hatte der Kater die Augen verdreht, um anzuzeigen, dass er seinen Weg ins temporäre Nirwana zu Ende gegangen war, da fühlte Xaver einen Zustand heranrollen, den er selbst als »das große Schütteln« bezeichnete. Ein

Zustand, der vor allem deshalb zur falschen Zeit kam, weil er mit unkontrollierbaren Zuckungen, vor allem der oberen Extremitäten, einherging.

Sein Verstand begann zu rasen. Unter einem Vorwand schickte er Janine ins Röntgenzimmer, was ihm eine oder zwei Minuten ohne Beobachtung verschaffte. Dann zog er eine Spritze bis zum Anschlag mit T61 auf.

Ein paar Monate mehr oder weniger, was machte das schon im ewigen Kreis des Lebens. Das sagte er der hübschen Studentin natürlich nicht, als sie über ihrem toten Liebling zusammenbrach. Stattdessen berührte er tröstend ihre Schulter und erfühlte dabei kurz den Träger ihres BHs, was ihm sicherlich eine Erektion verschafft hätte, wären seine Nerven an jenem Tag nicht so völlig zerfressen gewesen.

So jedoch konnte es nur darum gehen, das Drama schnell zu Ende zu bringen, bevor das große Schütteln kam. »Sie können ihn mitnehmen oder hierlassen, ganz wie Sie möchten. Ich muss Sie allerdings darüber unterrichten, dass es in Deutschland verboten ist, Haustiere an nicht dafür vorgesehenen Orten zu begraben. Glauben Sie mir, hier ist er in guten Händen.«

Er dachte kurz an den Container im Hof, bevor sich seine Konzentration wieder auf sein eigenes Leiden richtete, das nun auch kaum länger zu ignorieren war.

Obwohl er nichts Dringenderes zu tun hatte, als sich im Keller einzusperren und mit Benzodiazepin den schlimmsten Veitstanz zu verhindern, ließ Lydia ihn diesmal nicht davonkommen. Beunruhigt registrierte er den nicht eben besorgten, eher angewiderten Ausdruck auf ihrem Gesicht, der von einem dunklen Wiedererkennen sprach.

Es kribbelte unter seiner Schädeldecke, sein Rachen kratzte vom ständigen durch den Mund atmen und seine Arme zuckten schon wie bei einem Spastiker – doch sie zwang ihn, sich anzuhören, was sie zu sagen hatte. Wenigstens kam sie direkt zum Punkt.

»Der Arzt hat bei mir Chlamydien diagnostiziert.«

»Ja, gut. Ich meine, nicht gut natürlich. Aber die kann man sich ja nun überall holen. Auf jedem Klo, ich meine, gerade beim Frauenarzt natürlich! Zum Beispiel.«

»Mag sein«, sagte sie. Er war schockiert von der Lieblosigkeit, mit der sie ihn ansah, als sie ruhig sagte: »Ich bin übrigens in deinem Keller gewesen.«

»In meinem – Schatz, was redest du denn da? Das ist doch unser Keller, alles hier ist doch unser, ich meine – oh bitte, Lydia, du wirst dich doch nicht wegen der Flaschen aufgeregt haben! Ja, ich weiß, ich wollte unter der Woche nicht mehr trinken, und das werde ich auch nicht mehr. Der ganze Stress in der Praxis, da hab ich eben ein paar ...«

»Ich hab deine Spritzen gefunden. Ist es wieder so weit, ja?«

»Ich bitte dich, Lydia, die Spritzen ... Das ist doch alles altes Zeug aus der Praxis. Glaubst du mir nicht? Ich meine, ich bin doch dein Mann, und es verletzt mich, wenn du mir nicht – ich meine, warum vertraust du mir nicht einfach, Lydia? Wir sind doch bald eine Familie, wie soll das denn weiter...«

Ungeachtet seiner durch die Zuckungen ins

vollkommen Lächerliche abgleitenden Tiraden ging sie ins Schlafzimmer und holte eine Reisetasche, die sie offensichtlich schon gepackt hatte.

»Heute schlafe ich bei meinen Eltern. Morgen Abend komme ich wieder. Ich hoffe, dass du dann in einem Zustand bist, in dem wir reden können.«

»Ja, ja, gut, Lydia. Verlass dich drauf, ich meine, du kannst dich auf mich verlassen. Du kannst dich immer auf mich verlassen, das weißt du doch. Ein bisschen Abstand, das ist vielleicht nicht verkehrt. Du kannst dich erholen, und ich kann mich auch erholen, und morgen Abend reden wir dann in Ruhe.«

Er wollte sie auf die Stirn küssen, doch sie entzog sich.

»Ich liebe dich, Lydia. Ich hoffe, das weißt du noch.«

»Dann bis morgen.«

Chlamydien, so eine verfluchte Scheiße. Und das auch noch während der Schwangerschaft! Keine Frage, die Verantwortliche musste zur Rechenschaft gezogen werden, ohne Rücksicht auf seinen eigenen desaströsen Zustand. Das war er Lydia schuldig. Er kommandierte Lissy zu sich und stellte sie zur Rede.

»Ich hab keine Chlamydien, die muss deine Alte sich woanders geholt haben.« Xaver geriet ob dieser mit äußerster Teilnahmslosigkeit vorgetragenen Aussage derart in Rage, dass er die Dreckshure am liebsten mit dem Kopf gegen die Wand geschmettert hätte. Doch er war nun mal kein Frauenschläger, nie gewesen, auch wenn dieses verseuchte Stück Junkiescheiße wohl kaum noch als Frau zu bezeichnen war.

Stattdessen warf er sie auf die Holzdielen und fickte sie so hart, dass Blut aus ihrer trockenen Fotze gelaufen kam, was sie nicht mal zu bemerken schien. »Ich muss noch mal weg, du bleibst hier«, sagte er danach, denn ihm war während des Aktes eine Idee gekommen, wie er Lydia wieder fröhlich stimmen konnte. »Und wag es bloß nicht, dich ins Bett zu legen.«

»Keine Sorge, Mack«, so nannte sie ihn immer. »Ich kann sowieso nicht schlafen.«

Als er aus dem Baumarkt zurückkam, hatte sich das Miststück natürlich doch ins Bett gelegt. Er packte sie an ihren gräulichen Fusselhaaren, zerrte sie die Treppe hinunter in den Keller und schloss die Tür ab. Den Werkzeugkasten nahm er mit nach oben, genau wie das restliche Kokain und die Spritzen, denn er hatte noch einiges vor in dieser Nacht.

Von Vorfreude und Schaffensdrang ergriffen, räumte er das Büro aus und strich die Wände in herrlichstem Babyblau. Dann baute er das Kinderbett auf, das Wichtigste an dem ganzen Projekt. Das Bett für seinen Sohn, dem er all die Liebe schenken würde, die er selbst nie bekommen hatte. Überschütten, ertränken würde er ihn in Liebe, oh, wie er sich darauf freute!

Er zog sich aus, nicht nur wegen der fiebrigen Wärme, die ihn bei diesen Gedanken vom Herzen her durchströmte. Vielmehr hatte er das Gefühl, keinen Stoff mehr auf der Haut ertragen zu können, die jetzt am ganzen Körper, besonders aber an den verborgenen Hautfalten, juckte und kribbelte.

Die Sonne ging bereits auf, als er sich schließlich daran machte, die Drucke, die er bereits vor Monaten für dieses Zimmer gekauft hatte, zu rahmen und die Halterungen für den Gemäldedraht anzuschrauben, mit denen er die Bilder an die Wände bringen wollte. Es waren Szenen aus dem Struwwelpeter, dem einzigen Buch, an das er sich aus seiner eigenen Kindheit erinnerte: Der Suppenkaspar, der Daumenlutscher, Paulinchen mit den Streichhölzern und natürlich der Struwwelpeter selbst, den Xaver immer am lustigsten gefunden hatte.

Sein Werk war beinahe vollendet, als er zu seiner Überraschung hörte, wie sich der Schlüssel im Schloss der Haustür herumdrehte. Lydia. Was wollte die denn schon hier? Er warf die benutzten Spritzen in eine Schublade, ordnete sein volles schwarzes Haar, das Lydia immer am meisten an ihm bewundert hatte, und setzte sein liebenswürdigstes Lächeln auf.

»Hallo, mein Liebling. Schön, dass du wieder da bist. Hab dich vermisst.«

»Was ist denn das hier? Was sind denn das für Bilder?«

Sie runzelte die Stirn und hielt ihren Bauch, wie um das darin vor ihm zu schützen. »Ist ja auch egal. Wir müssen reden.«

Er spürte Enttäuschung über ihr Desinteresse in seinen Eingeweiden aufsteigen. Sah sie denn nicht, was er für sie getan hatte, was er immer für sie tat? Doch er musste sich zusammenreißen.

»Reden, ja, natürlich, Schatz. Aber du siehst müde aus. Lass uns doch zuerst ein bisschen kuscheln ...«

»Jetzt will ich nur ein paar Sachen holen. Ich werde für ein paar Tage bei meinen Eltern bleiben. Bis du dir überlegt hast, wie das hier weitergehen soll.«

»Na gut, Lydia, ich meine, ich weiß, was ich will, da brauche ich gar nichts zu überlegen. Aber wenn du ...«

In diesem fatalen Augenblick klopfte es an die Kellertür, und ein Gewinsel ertönte. Die verfluchte Drecksfotze! Er hatte sie da unten komplett vergessen. Eine schreckliche Sekunde lang abgründige Stille, dann wieder Klopfen.

»Was ist da unten?«

»Schatz, ich ...«

»Sag nicht, du hast da eine von deinen Schlampen eingesperrt.«

»Bullshit, Lydia! Ich meine, das ist doch nur – diese Frau, weißt du, von der ich dir erzählt habe, die mit dem Rauhaardackel, die mich seit Wochen schon verfolgt. Sie ist einfach hergekommen, verstehst du! Hat mich total überfallen, mich bedroht und alles. Bitte, Lydia, du musst mir glauben, ich meine – warum glaubst du mir eigentlich nicht? Findest du das vielleicht fair?«

Wie in Trance stand Lydia eine Weile vor ihm, dann ging sie ins Wohnzimmer, nahm einen Wäschekorb und warf einige Ordner hinein.

Er folgte ihr auf Schritt und Tritt durchs Haus und versuchte weiter, sie zu besänftigen, doch sie schien ihn gar nicht mehr zu hören.

»Ich komme morgen wieder und hole meine restlichen Sachen, wäre gut, wenn du dann nicht hier wärst.«

»Nicht hier wärst? Lydia, was redest du denn? Hast du dir das Zimmer überhaupt richtig angesehen? Siehst du denn gar nicht, wie sehr ich mich bemühe?« Er fühlte kalte Tränen in sich aufsteigen. »Du hast ja recht, Lydia. Ich brauche Hilfe. Vielleicht sogar einen Entzug, ja. Aber ohne dich kann ich es nicht schaffen, Liebling. Ich habe niemanden außer dir, das weißt du, und wenn du jetzt gehst, das überlebe ich nicht. Bitte, Lydia!«

Fast war er so weit, sich nackt vor ihr auf die Knie zu werfen, da hämmerte es abermals von unten an die Kellertür. Und eine Sekunde später war Lydia weg.

Du dämliche Nutte, dachte er, und wusste in diesem Moment nicht, ob er nun seine Frau meinte oder das Stück Junkiescheiße im Keller. Was er dort unten fand, erregte mitnichten sein Mitleid, sondern nur abgrundtiefen Hass, der sich nun, da ihm alles im Leben genommen worden war, nicht mehr länger kontrollieren ließ.

Lissy lag zusammengekrümmt auf dem Sofa in ihrer eigenen Kotze und winselte vor sich hin. »Mir geht's nicht gut, Mack, gar nicht gut. Ich glaub, ich muss zum Arzt.«

»Du musst nicht zum Arzt, glaub mir. Ich weiß genau, was du brauchst.«

Mit ihren Labradoraugen glotzte sie ihn an und hielt ihm bereitwillig ihren Arm hin, in dem er die bereits in der Küche aufgezogene Spritze mit gekonntem Stich versenkte.

Verrecken sollst du, dumme, stinkende Missgeburt. An deiner eigenen Kotze ersticken. Irgendwann wär's doch ohnehin genauso gekommen. Würdevoll genug für so was wie dich, das nichts Besseres mit seinem Leben anzufangen weiß als eine glückliche Familie zu zerstören!

»Schlaf gut, Lissy«, flüsterte er beinahe zärtlich, als sie endlich die Augen verdrehte und Schaum aus ihrem Herpesmund auf das Sofa tropfte.

Er ging die Treppe hoch, löschte das Licht und schloss die Kellertür ab, obwohl es nun nicht mehr nötig war. Dennoch kehrte keinesfalls Ruhe in sein überreiztes Hirn, denn da war ja immer noch Lydia. Nachdem er sich selbst den Rest der Lösung in die Vene gedrückt hatte, rief er den Schlüsseldienst an und ließ das Türschloss austauschen.

Die frigide alte Kuh. Sollte sie doch sehen, was sie davon hatte, einfach abzuhauen und ihr eigenes Glück zugrunde zu richten. Sollte sie doch sehen, wie sie ihr verfluchtes Balg alleine groß kriegte, undankbares Stück Dreck. Wahrscheinlich war es nicht mal von ihm, genau wie ihre verfickten Chlamydien. Verrecken sollte sie dran, sollten sie beide!

Er stürmte ins Kinderzimmer und zertrümmerte das Bett mit dem Hammer, dann riss er die Bilder von den Wänden. Da fiel etwas aus seinem Gesicht auf einen der Rahmen. Ein bleichrotes, abscheulich gepunktetes Etwas, das sich flink über den Teppich davonmachte. Rasend vor Entsetzen rannte er ins Bad. Er versuchte, mit dem Finger in seine Nase zu kommen, aber alles war vollkommen verstopft.

Er schrie und tobte vor Verzweiflung. Dann nahm er die Pinzette und rammte sie in sein Nasenloch, bis das Blut spritzte, und mit den dicken Tropfen fiel ein weiterer Käfer in das Waschbecken, dann noch einer. Da spürte er wieder das unerträgliche Kribbeln in seinem Kopf, direkt unter der Schädeldecke. Und endlich wagte er es, seinen Mund weit aufzureißen und seinen seit Tagen juckenden Gaumen im Vergrößerungsspiegel zu betrachten. Und er sah das ganze Elend, den schrecklichen Befall. Ein eiterndes Nest in seinem Kopf.

Eine furchtbare Gewissheit stieg in ihm auf, und mit ihr eine Ruhe, die ihn zu dem befähigte, was nun kommen musste. Denn er hatte erkannt, dass diese Invasion eine totale war, diese Pest nicht zu besiegen, das Urteil über ihn schon lange gesprochen.

Er ging zurück ins Kinderzimmer, nahm den Rest des Gemäldedrahts und ging auf den Dachboden. Ganz still war es hier oben, bis auf das Summen der Käfer, die sich bereits zu Hunderten zwischen den oberen Balken versammelt hatten. Er rollte den Draht von der Spule ab und befestigte das eine Ende am Fuß des antiken Vitrinenschranks, der ihm für die Wohnung immer zu düster erschienen war. Das andere Ende des Drahts wickelte er einige Male um seinen Hals und verdrehte es fest mit dem zum Schrank führenden Draht. Dann öffnete er das Dachfenster.

Als Lydia in Begleitung zweier Polizisten zurückkam, ahnte sie noch nichts von dem grotesken Schlussakkord, den zu setzen Xaver sich entschlossen hatte und der von nun an in jedem ihrer Albträume mit erklingen sollte. Zunächst war sie nur irritiert, als sie bemerkte, dass ihr Schlüssel nicht mehr ins Schloss passte, dann kam die Ahnung.

Nachdem die Beamten die Tür aufgebrochen hatten, wandten sie sich zunächst dem Keller zu, über den die Frau mit bemerkenswerter Ruhe berichtet hatte, dass ihr Mann dort eine Frau, vermutlich eine seiner Geliebten, eingesperrt habe. Unten fanden sie ein trauriges, wenn auch nicht außergewöhnliches Bild vor, dessen Entstehung zu ergründen von jetzt an Aufgabe der Kriminalpolizei sein würde.

Was Lydia derweil im Kinderzimmer sah, setzte sie weit weniger unter Schock, als ein Außenstehender es wohl von einer liebenden Ehefrau und werdenden Mutter erwartet hätte. Zu viele Dramen hatte sie mit Xaver über die Jahre erlebt, zu viele ihrer Gefühlsregungen hatten sich an seinem Wesen aufgerieben, bis sie gegenüber derlei Possen völlig stumpf geworden war.

Inmitten des zertrümmerten Kinderbetts lag eine mit seiner Kinderhandschrift hingekrakelte Notiz, an sie gerichtet und mit Bezug auf einen gemeinsamen Lieblingssong aus romantischen Tagen:

LOVE WILL TEAR US APART.

Das Pathos dieser Zeile war so typisch für ihn. So oft schon hatte sie es vernommen, dass es in ihr nichts mehr hervorrufen konnte. Nichts außer einem plötzlichen klaren Gedanken, der sie ohne erklärbaren Grund in den Garten führte.

Die sommerliche Mittagssonne beschien ein bizarres Bild. Ein Bild, das nicht Schrecken, sondern Erleichterung in ihr auslöste, wie das Ende eines langen Fallens in der Dunkelheit. Da oben, unter dem Dachfenster, hing sein Körper, noch immer nackt, davon abgeknickt der Kopf.

Noch Jahre, nachdem die meisten Details dieses letzten Geschenks an sie verblasst waren, erinnerte sich Lydia an eine einzige, eigentlich unbedeutende Einzelheit: An einen bleichroten, mit viel zu vielen schwarzen Punkten übersäten Marienkäfer, der einen Augenblick lang auf der herausgequollenen Zunge tänzelte und sich dann wie im Freudentaumel in die Lüfte schraubte.

BABA JAGA

Alexej Petrow war an diesem Ostersonntag in den Wald gekommen, um seinem Leben ein Ende zu machen. Er hatte in der letzten Woche seine Arbeit in der Gärtnerei verloren und noch niemandem davon erzählt. Er hatte es nicht über sich gebracht. Wieder hatte er versagt und nun fürchtete er sich vor den Blicken derjenigen, die er wieder enttäuschen musste, den Blicken voller Mitleid und Verzweiflung, aber auch verhohlener Verständnislosigkeit. Ein Versager vom Tag seiner Geburt an, das hatte sein Vater immer gesagt.

Und so war er der Überzeugung, es sei für alle das Beste, wenn er nicht mehr wäre. Seine Frau konnte einen anderen heiraten. Es gab genügend, die sich für sie interessieren würden, wenn sie erst von der Last seiner Existenz befreit war. Die sich jetzt schon für sie interessierten. Wie die Geier kreisten sie schon lange über ihm, die Besseren. Sie musste sich nur einen aussuchen, einen, der den Kindern ein Vorbild sein und ihnen alles Wichtige beibringen konnte. All das, was Alexej niemals gelernt hatte.

In seinem Rucksack hatte er das Seil. Dass er sich erhängen würde, stand seit Tagen fest, und dass es an einem

Ort sein musste, wo die Kinder ihn keinesfalls finden konnten. Sich im Haus oder in der Garage aufzuhängen, ausgerechnet an Ostern, das war unmöglich.

Und so ging er durch den Wald, und die Frühlingssonne flutete durch die Baumkronen und malte Muster auf den Waldboden. Alexej nahm ihr lustiges Spiel nicht mehr wahr. Alles, wonach er suchte, war ein Baum mit einem starken Ast, an den er sein Seil knüpfen konnte.

Sein trostloser Weg führte ihn zu einer Lichtung, in deren Mitte nur ein einziger Baum wuchs. Eine alte, starke Buche, die ihm perfekt erschien für das Schreckliche, das er vorhatte. Die Schlinge hatte er bereits gemacht, sie musste nur noch festgebunden werden, und schnell hatte Alexej den richtigen Ast dafür gefunden. Einen, der nicht brechen würde unter seinem Gewicht. Einen, der ihn in das Vergessen tragen würde, nach dem er sich an diesem schönen Ostersonntag so sehr sehnte.

Er öffnete den Reißverschluss des Rucksacks und wollte das Seil herausnehmen, da kam mit einem Mal ein unnatürlich starker Wind auf, ein bitterkalter Wind, wie man ihn sonst nur von schweren Herbststürmen her kennt. Der Wind fuhr so heftig durch die Krone des Baumes, dass kleine Äste brachen und Alexej sich in einem Regen von Blättern wiederfand.

So plötzlich, wie es gekommen war, verging das seltsame Phänomen, doch eine Unruhe blieb zurück und hielt Alexej davon ab, seinen Vorbereitungen weiter nachzugehen. Das unheimliche Gefühl, nicht mehr allein zu sein.

»Ist da jemand?«, rief er in den Wald hinein, denn keinesfalls wollte er riskieren, bei dem, was er plante, einen Zeugen zu haben oder, schlimmer noch und auch wahrscheinlicher, einen Retter. Und wirklich trat da jemand aus dem Unterholz hervor. Ein junges Mädchen, so schien es, mit erst zart sich entwickelnden Rundungen und honigblondem Haar.

Schnell verbarg er das Seil wieder im Rucksack – keinesfalls durfte dieses schöne Wesen, das auf sonderbare Weise den Weg ausgerechnet zu diesem Ort gefunden hatte, ahnen, was hier geschehen sollte. Sie kam näher. Ein Mädchen von kaum sechzehn Jahren, doch lag in ihrem Blick auch ein Funke, der Geist von etwas Älterem. Ein gefährliches Leuchten war dahinter, ein betörendes Leuchten. Auf der blassen Haut ihres Gesichtes lag der Glanz einer Zukunft, die noch nicht geschrieben war, die ebenmäßigen Züge hatten etwas aufwühlend Fremdes. Das Auffälligste an diesem seltsamen Gesicht war ein dunkles, erhabenes, an sich hässliches Mal unter dem rechten Auge, das ihrem Gesicht etwas Verstörendes verlieh, das ihn aber keineswegs abstieß.

Er rechnete damit, dass das Mädchen den Weg vorbei an der Lichtung einschlagen würde, ohne ihn zu beachten. Doch stattdessen kam sie geradewegs auf ihn zu, so als habe sie sich nicht etwa verlaufen, sondern in diesem großen, einsamen Wald ausgerechnet ihn gesucht.

Absurd, das zu glauben, doch der zwingende Blick aus den starren, unergründlich dunklen Augen ließ keinen anderen Schluss zu. Wenige Schritte vor der alten Buche blieb sie stehen und sah ihn schweigend an. Ein Blick, durch den sich etwas in ihm regte, das er bislang nicht gekannt hatte. Ein Schweigen, das nicht sein durfte, oder das zumindest Alexej in diesem Moment nicht ertragen konnte.

»Was machst du hier?«, hörte er seine brüchige Stimme in den Schatten des Waldes verhallen.

»Ich wollte schwimmen.« Dass zu diesem Wesen eine menschliche Stimme gehörte, erschien ihm grotesk. »Unten, am Weiher.«

Alexej war unfähig, sich zu rühren oder dieser über alle Maßen seltsamen Antwort etwas zu entgegnen. Es war März, das Wasser des Weihers war eiskalt, und der flache, schlammige Tümpel eignete sich ohnehin nicht zum Schwimmen.

»Kommst du mit?« Als wüsste das Mädchen, dass Alexej alle Worte in seinem Kopf verloren hatte, dass seine Kehle vor Erregung ganz zugeschnürt war, ergriff es seine Hand und lachte. Das Lachen hüpfte durch den Wald, zersprang an den Bäumen und wurde zurückgeworfen, wieder und wieder, ein unnatürliches, ein widersinniges Echo, das viel zu plötzlich verklang. Alexej schauderte.

»Komm!« Sanft zog ihn ihre Stimme tiefer in den Wald, in Richtung des kleinen, versteckten Weihers, den er als Kind oft besucht und von dem er damals gedacht hatte, dass nur er allein ihn kannte.

Er hatte ihn fast vergessen, den sumpfigen, vollständig mit Wasserlinsen bedeckten Tümpel. Doch als er ihn nun nach Jahren zum ersten Mal erblickte, erinnerte er sich. Daran, wie er nach der Schule hier gesessen und sich in eine andere Welt geflüchtet hatte. Eine Welt, die kein anderer kannte. Die Welt, in der er einmal geglaubt hatte, eine verfallene, kleine Hütte zu sehen, die auf zwei baumhohen, krummen Hühnerbeinen auf der anderen Seite des Ufers herumspazierte und ihn aus dunklen Fenstern wie aus hohlen Augen anstarrte.

Die Augen des Mädchens erinnerten ihn an die Fenster.

Ihn fröstelte, als sie ohne Zögern und ohne Scham das Kleid von den Schultern streifte und der bleiche Körper nackt in das stille Wasser glitt. »Komm!«, sagte das Mädchen und wieder ertönte ihr Lachen, und das Mal in ihrem Gesicht war ein Zeichen, das er jetzt erkannte.

Er war verdammt, war es immer schon gewesen. Es ging dem Ende zu, aber er war bereit. Bereit, alles zu vergessen. Alles, was er wollte, war, noch einmal zu fühlen. Nicht etwa das zu fühlen, was er am Tage seiner Hochzeit gefühlt hatte, dazu war sein Inneres nicht mehr imstande. Nur irgendetwas zu fühlen, heiß und fest, saugend und hart und alles verschlingend. Ein letztes, ein einziges Mal.

Er zog sich aus und folgte dem Mädchen in das sich kühl und schleimig an seinen Körper drängende Gewässer. Es war nicht tief, er musste nicht schwimmen, um zu ihr zu gelangen, um den lodernden Ruf des fremden, unwirklichen Körpers zu fühlen wie einen Eisenring um seinen Hals. Nackt stand sie in der Mitte des Weihers, lächelnd, lockend, dabei den Kopf auf eigentümliche Art schief haltend.

Etwas störte ihn an dem Bild, nicht nur der schiefe Kopf, nicht nur die merkwürdige Stille, von der sie umgeben war, so als hätten alle Vögel und Frösche auf einmal ihre Stimmen verloren. Es war, als wäre die Zeit um das Mädchen herum stehen geblieben. Das Zeichen.

Das Mal in ihrem Gesicht veränderte sich, wurde dunkler und größer, blähte sich auf wie ein vollgesogener Zeck. Fahl und wächsern wurde die Haut um das Mal herum, tiefe Furchen und Stielwarzen entstellten das vormals so schöne Gesicht, und über eins ihrer Augen, vom erschlaffenden Lid nun halb bedeckt, legte sich der hässliche Schleier der Blindheit. Das eben noch honigfarbene Haar löste sich in spröden, grauen Büscheln und glitt vom Kopf auf die knochigen Schultern und weiter hinab auf die Wasseroberfläche. Sein Blick folgte den Haarbüscheln und verfing sich zwischen den ins Wasser gefallenen Blättern, die um die Gestalt herum ihre grüne Farbe verloren und schon zu vermodern begannen. Und wieder das Lachen, das widersinnige Echo, das alles um sie herum sterben ließ.

Als Alexej wieder zu sich kam, waren der Wald und das Mädchen verschwunden. Er dachte, er müsste wohl einen seltsamen Traum gehabt haben und zu Hause in seinem Bett liegen. Doch er war nicht zu Hause. Er war an einem Ort, den er nicht kannte, einem dunklen Ort.

Er blinzelte und versuchte, sich in dem trüben Licht, dessen Quelle er nicht ausmachen konnte, Orientierung zu verschaffen. Etwas behinderte seinen Blick, es waren Stäbe, das Gitter des Käfigs, in dem er saß und der, wie er ungläubig feststellte, hoch über dem Boden eines fensterlosen Raumes schaukelte.

Er versuchte, aufzustehen, aber verlor das Gleichgewicht. Seine Beine knickten ein wie Strohhalme und er fiel vornüber auf die Knie. Verschwommen nahm er ein

Licht wahr, das an der gegenüberliegenden Wand hüpfte und zitterte. Es rührte von einem großen Ofen her. Und vor dem Ofen hockte eine krumme Gestalt, die sich an den Kohlen zu schaffen machte.

»Ah, es ist erwacht«, krächzte eine Stimme, die grässlich verzerrt von den Wänden widerhallte.

Alexej schauderte. *Es.* Damit war wohl er gemeint. Und dieses Wort konnte nichts Gutes bedeuten.

Auch nicht, dass die krumme Gestalt, zu der die Stimme gehörte, nun vom Feuer weg humpelte, hin zu einem groben Tisch, auf dem ein Teller stand. Er konnte nicht erkennen, was auf dem Teller lag, doch auch das, so sagte ihm sein wild stolperndes Herz, konnte nichts Gutes sein.

Als die Alte das Etwas vom Teller aufnahm und es zu ihrem widerlichen Maul führte, da streifte es einen Moment lang der Schein des Feuers. Alexejs Herzschlag stockte, als er erkannte, was für ein Stück Fleisch das war: Eine menschliche Hand, deren Fleisch die Alte abkaute, voller Gier und ohne Genuss, wie ein Tier, gleichzeitig wie ein Mensch am Tisch sitzend. Es war seine Hand.

Sie musste sie ihm abgetrennt haben und da, wo sie gewesen war, befand sich nur noch ein zerfetzter, blutiger Stumpf. Ein Stück Knochen und etwas, das vielleicht eine Sehne war, hingen jetzt da, wo eben noch seine Hand gewesen war.

Wo sie gewesen war.

Die Worte echoten in Alexejs Kopf, sie hielten ihn gefangen wie der Käfig, in dem er hockte, und ließen ihn nicht weiterdenken.

Er wollte schreien, doch natürlich wäre das nicht klug gewesen, und so war er gezwungen, weiter zu beobachten, wie sie an der Hand nagte, die Haut mit den Zähnen vom Fleisch abzog und das Fleisch vom Knochen.

»Was!«, schrie sie plötzlich und spuckte das Fleisch in die Ecke. »Was ist das? Gnah! Was ist das für ein Geschmack? Was ist denn das für ein widerlicher Geschmack?«

Nun fuhr sie herum, das Feuer hinter ihr loderte auf wie von einem unnatürlichen Wind entfacht, und er versteinerte unter dem Bild ihres grauenerregenden Gesichts. Grauenerregend und zugleich vertraut, genau wie das Mal in dem uralten Hexengesicht. Ihr stechender Blick traf ihn gleich den Krallen einer tollwütigen Katze, so schneidend und giftig, dass er sich den anderen, gesunden Arm vor die Augen halten musste.

Achtlos warf die Alte den Rest der Hand in den Ofen, als wäre es nichts weiter als ein abgekautes Hühnerbein.

»Nein!«, schrie Alexej.

Die Alte lachte höhnisch. Es war ein kaltes, ein krankes Lachen, das ein Gefühl zum Ausdruck brachte, das kein Sterblicher je gefühlt hatte. Es war das Lachen des Mädchens im Weiher.

»Nein? Nein?«, äffte sie ihn mit krächzender Stimme nach, dabei auf den Käfig zu fliegend, der im unnatürlich starken Sog ihres fauligen Atems hin- und her schaukelte. Ganz nahe kam sie heran, musterte ihn mit ihrem trüben Auge. Unter dem herabhängenden Lid rollte ihr Augapfel, der hinter dem milchigen Schleier so viel mehr erkannte, als ein Mensch für möglich halten könnte.

»Es hat mich betrogen. Es ist verdorben. Wie eine alte Kröte schmeckt sein Fleisch, wie ein Leichenwurm, nein, wie ein Klumpen Asche schmeckt es. Gnah!«

Mit ihrer widerlich verbogenen Nase schnüffelte sie zwischen den Gitterstäben hindurch, jedes Härchen an seinem Körper sträubte sich unter dem todbringenden Sog.

»Es stinkt. Es stinkt bestialisch, faulig. Gnah! Es hat mich betrogen. Mich hinters Licht geführt ... Aber nein, nur fast, nur beinahe.« Weiter witternd wich sie vom Käfig zurück, über den Boden kriechend, als ob sie eine Spur verfolgte, und auf den Ofen zu. Neben dem Ofen lag ein Haufen, den Alexej nun zum ersten Mal bemerkte. Nur langsam offenbarte sich ihm, was sich zu diesem Haufen auftürmte.

Es war Fleisch, es waren Knochen, es waren Haare. Und Stoff, blutgetränkter Stoff, dessen bestialischer Geruch nun erst, da er den Haufen gesehen hatte, in seine Nase stieg und ihn zum Würgen brachte. Mit knorrigen Fingern riss die Alte etwas daraus hervor. Es war, wie er nach einigem Blinzeln schemenhaft erkennen konnte, ein Rucksack. Sein Rucksack.

»Da! Da haben wir es. Gnah! Da haben wir es ja!«, kreischte die Alte und blähte sich auf, das Seil hoch über dem Kopf haltend, sodass es zwischen ihren beiden in unterschiedliche Welten sehenden Augen baumelte »Da haben wir es! Was ist das, he? Was hatte es damit vor? He?«

»Ich wollte ...«

»Es hat mich gesucht, he?«

»Nein, ich ...«

»Es hat sein Leben aufgegeben, sein Fleisch ist verdorben von der Sehnsucht nach dem Tod. Ich *rieche* es. Ich *schmecke* es! Es kann mich nicht hinters Licht führen! Es wollte mich töten, vergiften wollte es mich mit seinem verdorbenen Fleisch!«

Die Alte riss nun die Arme über den Kopf, warf die dürren Beine hoch wie zu einem absurden Tanz, und begann, sich die schütteren Haare in ganzen Büscheln aus der Kopfhaut zu ziehen. Dann warf sie sich auf den Boden, wälzte sich in Dreck und Blut, rollte hin und her und plärrte los wie die wahrhaftige Ausgeburt der Hölle. »Oh, du böses ..., oh du grausames – Gnah! Verrat! Verrat!«

Unvermittelt sprang sie auf und flog auf den Käfig zu, riss die Tür auf, packte ihn mit ihren krummen Klauen am Hals und zerrte ihn aus seinem Gefängnis.

»Nein!«, schrie er. »Nein! Ich will nicht sterben!«

Da ließ die Alte mit einem Mal von ihm ab und er fiel. Den Schmerz des Aufpralls fühlte er kaum, zu groß war die Panik vor dem, was jetzt wohl geschehen würde. Nun würde sie über ihn herfallen, ihn zu Tode spielen wie ein Raubtier seine Beute, und wenn sie dann genug hatte, wenn er sich kein bisschen mehr bewegte und keinen Laut mehr von sich gab, seinen zerfetzten Körper in den Ofen werfen oder ihn auf dem Haufen mit den anderen einfach verrotten lassen.

Doch anstatt ihn zu töten, wandte sie sich ab und wich wie ein Schatten zurück in die hinterste, die dunkelste Ecke des Raumes, wo sie sich zusammenkauerte und zu winseln begann gleich einem alten Hund, den man zu oft getreten hatte.

»Nein ... nein ... Zu spät, es ist zu spät ...«, jammerte sie vor sich hin und würdigte ihn keines Blickes mehr. Ganz und gar löste sie sich in ihrem Geheul auf und schien ihn und seinen Verrat schon zu vergessen, als sei er niemals in ihr Haus gekommen. »Verschwinde von hier. Verschwinde. Gnah. Gnah. Verschwinde.«

Und er verschwand.

Die Tür ging auf und Alexej fiel. Er fiel tief. Als sein Körper am Boden aufprallte, hörte er Knochen brechen, doch er stemmte sich hoch und es gelang ihm, aufzustehen, trotz der Schmerzen, die seinen Körper durchfluteten und die sowohl von dem soeben gebrochenen Knöchel als auch von dem sich schon entzündenden Stumpf herrührten, der einmal seine rechte Hand gewesen war.

Ein letztes Mal drehte er sich um und sah an baumhohen, krummen Hühnerbeinen hinauf die kleine, verfallene Hütte mit den Fenstern, die wie hohle Augen auf ihn herunter starrten. Vor ihm lag ein schmaler Weg, mit Schädeln und anderen menschlichen Gebeinen gesäumt, der in den dunklen Wald führte.

Er stolperte mehr, als dass er rannte, doch er stand auf, wieder und wieder, trotz des Knöchels, trotz des Stumpfes, immer wieder, während das Blut in seinem Kopf immer lauter rauschte und sich zusammen mit dem Schmerz und dem Gesang der Vögel zu etwas eigenartig Belebendem vermischte.

Nur raus aus dem Wald, nur endlich zurück nach Hause, wo seine Kinder waren und auf ihn warteten. Die auf ihn warteten, das wusste er, obwohl er ein Versager war, vom Tag seiner Geburt an. Aber das spielte jetzt keine

Rolle mehr, und als er den Waldrand erreichte, hatte er es schon vergessen, das Seil, das nun im Ofen der Baba Jaga verbrannte.

DER WECHSELBALG

Als wir noch Kinder waren, erzählte uns die Urgroßmutter oft Geschichten über Geister oder »daimonische Wesen«. Dabei verstand sie es vorzüglich, uns eine Heidenangst einzujagen - wohl auch, weil sie behauptete, sie sei einigen dieser »Daimonen« höchstselbst begegnet.

Die Urgroßmutter war eine hagere Frau mit hervorstehenden Wangenknochen, einer spitzen Nase und pechschwarzem Haar, das wie eine Perücke aussah, aber keine war. Bis zu ihrem Tod färbte sie es selbst, wozu sie eine obskure Tinktur namens »Chenie's Haarfarbe Fo« gebrauchte.

Wie Weberknechte huschten ihre Finger über unsere Gesichter, wenn wir sie besuchten, denn mit ihrer Sehkraft stand es nicht mehr zum Besten. Obwohl ihre Stimme mit den Jahren zu einem heiseren Krächzen verschlissen war, hingen wir wie gebannt an ihren von Falten zerschnittenen Lippen, wenn sie von den »Daimonen« erzählte. Während sie in den unheimlichen Legenden ganz aufging, strömte sie den magischen Geruch ihres Haarfärbemittels und verblichener Vergangenheit aus.

Mal berichtete sie vom berühmten Golem, einer menschenförmigen Kreatur aus Lehm, die dereinst in der Stadt Prag umgegangen sein soll – sie selbst hatte ihn natürlich auch gesehen und war vor Schreck beinahe gestorben – mal erzählte sie von der Mittagsfrau, die im Sonnenzenit auf den Feldern erscheint, um den Bauern den Tod anzukündigen – so war es bei Onkel Paul, Gott habe ihn selig!

Bei all dem wagten wir kaum zu blinzeln, aus Angst, eine böse Präsenz könne bei der kleinsten Regung auf uns aufmerksam werden.

Diejenige Legendengestalt, die mir am lebhaftesten im Gedächtnis geblieben ist, ist der Wechselbalg. Die Urgroßmutter hatte ihn als eine zwergwüchsige, missgebildete Kreatur beschrieben, die einer Wöchnerin anstelle des eigenen Kindes untergeschoben wird. Schuld an der Vertauschung seien natürlich die Daimonen, die sich an der Seele des gestohlenen Menschenkindes vergehen wollten. Der Wechselbalg selbst sei nicht nur von abstoßender Gestalt, sondern auch noch dumm wie ein Stock und außerdem furchtbar gefräßig, berichtete die Urgroßmutter.

Loswerden könne man ihn auf zwei verschiedene Arten: Erstens, indem man ihm etwas Ungewöhnliches zeige oder vorführe, zum Beispiel ein Hühnerei in einen Flaschenhals bringe oder ähnliche Zaubertricks. So könne man den Wechselbalg dazu bringen, vor Überraschung mit seiner eigenen, abscheulichen Stimme zu sprechen und so sein wahres Wesen zu enthüllen, worauf der Bann gebrochen sei und der Wechselbalg auf der Stelle verschwinde. Als zweite, weit schlichtere Methode empfehle es sich, dem Wechselbalg mit einem stumpfen Gegenstand den Schädel einzuschlagen.

Ein völkischer Aberglaube, natürlich. In dunkler Zeit erfunden und von Generation zu Generation überliefert, nur weil es den Alten so herrlichen Spaß bereitet, die Jungen zu erschrecken. Dennoch kann ich die Legende vom Wechselbalg nicht vergessen, denn sie ist einer jener dunklen Fäden, aus denen meine eigene Geschichte sich zusammen webt.

Alles begann am Vorabend des Großen Krieges. Die Boten des Untergangs verdichteten sich bereits über den Dächern, unsichtbar, wie ein feines Netz elektrischer Spannung. In den Kaffeehäusern und Salons sprach man dann und wann über den Balkan, doch was dort geschah, war noch weit weg, und niemand machte sich eine Vorstellung davon, welche allumfassenden Verheerungen bald über unsere Welt hereinbrechen sollten.

Meine jüngere Schwester und ich lebten allein mit dem Vater, dem angesehenen Kaufmann František Svoboda, in einem mehrstöckigen Stadthaus mitten im bürgerlichen Herzen Prags.

Mutter war vor nicht ganz drei Jahren an der Tuberkulose gestorben. Durch den frühen Verlust waren mir schon in jungen Jahren Aufgaben übertragen worden, die meinem Charakter eine gewisse vorzeitige Ernsthaftigkeit aufgeprägt hatten. Ich half dem Vater im Geschäft aus, organisierte den Haushalt, wies die Dienstboten an und kümmerte mich um die Schwester. Kurz: Vom vierzehnten bis zu meinem siebzehnten Lebensjahr kann ich mich an keinen Moment jugendlichen Leichtsinns erinnern.

Dann aber kam der Tag, an dem mich der Vater erstmals alleine in die Stadt schickte, um einige Besorgungen zu tätigen. Ohne dass ich recht erklären kann, wie es dazu kam, irrte ich vom mir vertrauten Weg ab und fand mich schließlich in einem Viertel Prags wieder, in das zu gehen uns seit jeher untersagt war.

An jenem Tag machte ich, durch Zufall oder Schicksal, die Bekanntschaft eines jungen jüdischen Dichters, die mein Verhängnis werden sollte. Wir wussten, dass uns nicht viel Zeit blieb. Unsere heimliche Freundschaft vertiefte sich rasch und ich beging einen Fehler, der nicht ohne Folgen bleiben sollte.

Kurz nachdem dieser Freund die Stadt verlassen hatte, um mit seiner Familie an einem anderen Ort sein Glück zu suchen, stellte ich Veränderungen an mir fest. Veränderungen, die nur den einen, furchtbaren Schluss zuließen. Ein Dienstmädchen, das mir beim Zuschnüren des Korsetts zur Hand ging, bemerkte die Schwellung meiner Brust und die Wölbung des Bauches, und obschon es mir versprach, Stillschweigen zu bewahren, tratschte es die aufsehenerregende Entdeckung bei nächster Gelegenheit weiter.

Wenig später stellte Vater mich zur Rede. Da ich selbst nicht wusste, was zu tun war, brach am Ende die Wahrheit aus mir heraus. Der Vater war außer sich vor Wut und malte den drohenden Skandal in den fürchterlichsten Farben. Um ihn zu beruhigen, schlug ich vor, mit dem Kinde wegzugehen und mich fernab von Prag niederzulassen, sodass niemand je etwas von meiner Schande erfahren müsse. Doch der Vater verkündete nur mit kalter Stimme, er wolle sich zurückziehen, um eine Lösung zu erdenken.

Bei Nacht kam sie in unser Haus. Ein grässliches Weib, das man am Stadtrand aufgetrieben hatte. Als man sie in mein Schlafzimmer führte, begriff ich nicht gleich, was sie im Schilde führte. Der Vater verließ das Zimmer, wartete aber im Flur in der Nähe der halb offenen Tür, während die alte Vettel sich in obskuren Vorbereitungen erging. Mir den Rücken zugewandt, drapierte sie eine Flasche mit Alkohol, Injektionsbesteck, Leinentücher und etwas wie eine lange Stricknadel auf der Kommode, daneben eine Phiole, in der ein milchiger Trank schimmerte. Von Letzterem goss das Weib einen Finger breit in ein Glas, trat damit an mein Bett heran und beugte sich über mein Gesicht.

Kaltes Entsetzen packte mich, als ich ihr Antlitz aus der Nähe sehen musste: Die Jahre des grausigen Handwerks hatten es zu einer scheußlichen Maske erstarren lassen, beherrscht von Hyänenaugen, und aus dem schütteren Haar wucherte eine Schuppenflechte über die hohe Stirn bis hinab zur Nasenwurzel.

Das Grausigste an diesem Weib aber waren seine Hände. Vom jahrelangen Betäuben und Totstechen ganz abgewetzt war die Haut an den Fingern, und unter dem Odeur des Alkohols versuchte sich ein widerwärtiger Gestank nach eingetrocknetem Blut zu verbergen.

»So, mein Liebes, nun trink schön. Gleich ist alles wieder gut«, gurrte die Vettel, wobei sich ihr Mund zu einem herzlosen Lächeln verzog. Als sie sich über mich beugte und Anstalten machte, mir den milchigen Trunk einzuflößen, wandte ich den Kopf zur Seite, aber ihre Mörderinnenfinger griffen ihn und wollten ihn zu sich herumdrehen.

Ich schlug ihre Hand zur Seite, das Glas mit dem Narkotikum fiel zu Boden und zerbrach. Die Alte durchbohrte mich mit ihrem Hyänenblick und wollte sich auf mich werfen. Doch da stürzte schon der Vater ins Zimmer und befahl mir, mich endlich zu fügen, um das doch einzig Vernünftige nicht unnötig zu verzögern.

»Nein!«, schrie ich, und dass ich auch sterben wollte, sollte man dies grausame Urteil tatsächlich über mich verhängen. Ich schrie so laut, dass der Vater, der sich sonst nur in gemäßigtem Schritte fortzubewegen pflegte, in regelrechter Panik zum Fenster sprang, um es zuzuschlagen. Aber ich schrie nur umso lauter, sodass ich sicher sein konnte, man würde mich noch unten auf der Straße hören. Schließlich wusste der Vater sich zur Vermeidung des Skandals nicht anders zu helfen, als das Weib dorthin zurückzuschicken, wo es hergekommen war.

Bald hatte er einen neuen Plan ersonnen, um die Schande abzuwenden. Mit starrer Miene teilte er mir mit, dass ich bis zur Geburt des Kindes in seinem Hause bleiben sollte. Hernach sollte ich dann in die böhmische Provinz geschickt werden, wo eine Tante mich und das Kind aufnehmen wolle.

Über die Entscheidung war ich sehr erleichtert, denn sie barg auch das Versprechen, dem Haus des Vaters zu entkommen. Ich konnte den Verrat nicht vergessen, den er an mir und meinem Ungeborenen begangen hatte.

Eines Nachts, die Niederkunft sollte kurz bevorstehen, erwachte ich klopfenden Herzens wie aus einem Albtraum. Ich wagte kaum, die Augen zu öffnen, denn ich fühlte, dass da etwas war. Hinten, in der anderen Ecke des Zimmers, an der Decke.

Blinzelnd erkannte ich den flatterigen Schatten des alten Weibes, das mich einst an meinem Bette heimgesucht hatte. Wie eine Spinne hockte es da, kopfüber, die Schwerkraft verlachend; in einer seiner widerlichen Hände hielt es etwas wie eine lange Nadel. Es beobachtete mich.

Es wusste, dass ich wach war. Ich fühlte es auf mich zu kriechen, doch war wie gelähmt. In Todesangst hörte ich es klopfen, das Herz des Kindes in meinem Leib. Da fuhr der Schemen wie ein Blitz auf mich herab und sank in meinen Brustkorb ein, und alles, was darinnen lag, zerfiel zu Asche.

Ich erwachte, um Atem ringend, in vorzeitigen Wehen. Man berichtete mir später, ich hätte eine große Menge Blut und schon während der Fahrt zum Hospital das Bewusstsein verloren. Auch erklärte man mir betretenen Blickes, mein Kind sei womöglich schon seit längerer Zeit nicht mehr am Leben gewesen. Ich bat sie, mir das Totgeborene zu zeigen, doch man versagte es mir mit aller Autorität, angeblich, um meine seelische Gesundheit nicht zu schädigen.

Tatsächlich hätte mich der Anblick des toten Kindes kaum mehr erschüttern können als die Vorstellungen, die daraufhin in meinem Kopf erwachten. Unter Tränen flehte ich sie an, mir das Kind zu bringen, doch man erklärte, der Fötus sei bereits weggebracht worden. Wohin, wollte man nicht sagen.

Ein opiumhaltiges Medikament brachte mich über die darauffolgenden Wochen, doch ich fand keine Ruhe mehr. Nächtelang starrte ich an die Decke, so als würde das, was ich verloren hatte, sich irgendwann dort zeigen. An dem, was außerhalb des Zimmers vor sich ging, hatte ich jedes Interesse verloren. Tatsächlich entwickelte ich einen regelrechten Ekel vor dem Sonnenlicht und vor dem Gezwitscher der Vögel unter meinem Fenster. Es war, als verhöhne mich das Leben mit jedem neuen Morgen ein Quäntchen lauter, und ich hielt, so man mich ließ, die Vorhänge geschlossen. Bald entfernte man den Käfig mit den Kanarienvögeln, der stets auf der Kommode gestanden hatte, denn man fürchtete, die ständige Dunkelheit könne den Tieren Schaden zufügen.

Nach einiger Zeit versagte man mir schließlich die Opiumtinktur, weil man dieser gewisse Anfälle mentaler Abwesenheit zuschrieb, die man an mir beobachtet haben wollte. Meine Schwester berichtete dem Arzt von Zuständen wie zwischen Schlafen und Wachen, tagsüber, häufig aber in der Nacht. So sei ich schon zwei Mal nur im Nachthemd in einer Gasse nah dem Hause aufgefunden worden, orientierungslos umhertappend, als ob ich etwas suchte, dabei Unverständliches murmelnd. Bei Tag, so behauptete die Schwester weiter, schliefe ich mit offenen Augen ein, sodass man mich nur durch heftiges Schütteln und Anschreien wieder zu Bewusstsein bringen könnte.

Der Doktor riet mit Nachdruck dazu, vom weiteren Gebrauch des Nervenmittels abzusehen, das ja seinerzeit ein »Quacksalber« aus dem Spital verschrieben hatte. Ohne das Mittel wurde mein Zustand bald unerträglich.

Eines Nachts hielt ich es nicht mehr aus. Ich schlich mich hinunter in des Vaters Bureau und öffnete die Schreibtischschublade, worin sich, wie ich wusste, ein Revolver befand. Es hätte so schnell und einfach gehen können, doch die Waffe war nicht geladen und die Munition nicht aufzufinden.

Stattdessen fand ich den kleinen Schlüssel in der Schublade. Ich nahm ihn an mich und ging in den Salon, wo ich nun jenen Buffetschrank aufschloss, in dem die starken Brände und Liköre verwahrt wurden. Um mich nicht zu verraten, bediente ich mich abwechselnd an allen Karaffen, doch fand ich am meisten Trost in der erstaunlichen Wirkung des Wermuts.

Währenddessen begann man in der Stadt über das neuerdings so eigenartige Verhalten der Zuzana Svoboda zu reden, was wohl mein Name gewesen ist. Zum Beispiel wollte man das Fräulein nächtens in einer Schänke am Stadtrand gesehen haben, wo es durch wenig damenhaftes Verhalten - Trunkenheit und Kartenspiel - unangenehm aufgefallen sei, bis man es schließlich entfernt habe.

Der Vater stellte mich ob des Gehörten zur Rede. Obschon ich nach bestem Wissen beteuerte, das mir zur Last Gelegte nicht begangen zu haben, verkündete er, dass es mit diesem rufschädigenden Verhalten nun ein Ende habe. Auch deutete er an, in Kürze einen Empfang in unserem Hause zu geben; der Anlass desselben wurde mir nicht genannt.

Ich weigerte mich, der Gesellschaft beizuwohnen, doch der Vater drohte, mich in ein Sanatorium einzuweisen, sollte ich mich weiter renitent verhalten, und so willigte ich am Ende ein, wenigstens zum Diner zu erscheinen.

Man hatte mir angemessene Kleidung bereitgelegt und mich angewiesen, wie ich mich zurechtzumachen hatte. Man nahm wohl an, ich hätte über die Wochen, die ich im Nachthemd und mit ungekämmtem Haar verbracht hatte, vergessen, wie die Tochter eines Prager Kaufmanns sich zu präsentieren hatte.

Unter den Jagdtrophäen des Vaters saß man bereits beim Aperitif, als ich den Salon betrat. Wie die Jünger beim Abendmahl hockten sie da, einige der wichtigsten Geschäftsleute der Stadt nebst ihren welken Gattinnen. Die Perlen an ihren fetten Hälsen und die Champagnergläser aus farbigem Bleikristall brachen den Schein der Lüster tausendfach, die Spiegelungen verwirrten mich, und die Gesichter sah ich nur verschwommen. Doch ich spürte ihre prüfenden Blicke bei jedem Schritt, als ich durch den Funkenregen zu dem mir zugedachten Stuhle schritt. Auf dem Platz mir gegenüber hatte man einen jungen Herrn mit dünnem Schnauzbart platziert. Mit ausdrucksloser Miene starrte er mich an, während die feisten Damen von links und rechts über mich herfielen, um sich nach meiner Gesundheit zu erkundigen.

Von einer langwierigen Lungenentzündung habe mein guter Herr Vater ja berichtet. Welch ein Glück, mich wieder genesend zu sehen und nicht gar – Gott bewahre! – gleich meiner armen Mutter ..., so schnatterte die eine los.

In der Tat, bemerkte auch die andere, ich sähe zwar noch etwas blass, aber doch bei Weitem nicht schwindsüchtig aus. Mit dieser meiner Haut einer Porzellanpuppe sollte es ja überdies ein Leichtes sein, einen guten Ehemann zu finden. Bei diesen Worten bedachte sie den jungen Mann mir gegenüber mit einem eindeutigen Lächeln, derweil die andere mit diamantbewehrter Hand meine Wangen tätschelte. »Welch allerliebstes Gesichtchen!«

»Tatsächlich hatte ich mir eben überlegt, es mir mit der großen Schere zu zerschneiden.« Als ich diese Worte aussprach, war meine Stimme so ruhig wie die Hand des Arztes, der das Skalpell führt.

Um mich herum erstarrte alles auf seinem Platze. Wie aus einem anderen Raum waren diese unerhörten Worte gekommen und strömten nun ihr Gift nach allen Zimmerecken aus – eine Frage von Sekunden, ehe auch der Vater etwas merkte. Der Fauxpas selbst war ihm wohl entgangen, und doch wusste er genau, wer ihn begangen hatte. Sein Blick richtete sich auf mich wie ein Zielrohr und ließ mir das Blut in den Adern gefrieren.

Endlich durchbrach einer der Geschäftsfreunde das beklommene Schweigen, indem er einen lauten Toast auf den Gastgeber und die Familie Svoboda aussprach und die Gäste, übertrieben lachend, zum Anstoßen der Gläser animierte.

Bis zum Ende des Diners wagte niemand mehr, das Wort an mich zu richten oder mir auch nur ins Gesicht zu sehen. Man schickte mich auf mein Zimmer, bevor die Herrschaften sich zu Cognac und Zigarren ins Kaminzimmer zurückzogen, um über die mögliche Beteiligung Österreich-Ungarns am Krieg auf dem Balkan zu diskutieren.

Am Morgen darauf trat Vater an mich heran und erklärte nüchtern, es sei mir trotz meines Missverhaltens beim Diner nicht gelungen, den Herrn Doktor Pokorný von seiner Absicht, mich zu ehelichen, abzuschrecken. Übrigens war jener Herr Pokorný der Sohn eines Geschäftsfreundes, wie der Vater erläuterte, und obendrein ein junger Arzt mit frisch erworbener Approbation.

Obwohl es an Zuneigung fehlte, willigte ich in die Heirat ein, denn sie bot immerhin die Möglichkeit, dem Haus des Vaters zu entfliehen. Das Hochzeitskleid ließ ich von der Schwester aussuchen, ebenso wie alles andere. Denn genauso wenig wie Schnitt und Schleppe des Kleides interessierten mich die Farbe der Blumen oder in welchem Saal getanzt werden sollte.

Ich beantwortete alle Fragen einsilbig und ohne, dass sie überhaupt durch das dunkle Gespinst gedrungen wären, das nun meine Wahrnehmung alles Äußeren von meinem Innern abschirmte.

Nach der Hochzeit, so war es geplant, sollten die Frischvermählten eine Wohnung in einem Mietshaus am anderen Ende der Straße beziehen. Die Renovierungsarbeiten an jener Wohnung waren jedoch bis zum Tag der Eheschließung noch nicht beendet. So wurde zu meinem Unglück entschieden, dass wir zunächst im Elternhause bleiben sollten. Und so wurde ebenfalls noch in diesem festgestellt, dass ich »guter Hoffnung« war, wie man so sagt.

Nach außen teilte ich die Freude der Familie über diese Neuigkeit, doch in Wahrheit fühlte ich nichts als Angst. Nächtelang ließen mich die Schreckensbilder nicht los, die mein Verstand sich von meinem Erstgeborenen, dem Totgeborenen, zurecht gesponnen hatte. Bilder von bläulichen, blutgetränkten Körpern mit viel zu großen Köpfen und verklebten Augen überschwemmten meine Träume, tanzten hinter dem Vorhang und ließen mich nicht mehr in Ruhe.

Dabei erfreute ich mich in körperlicher Hinsicht bester Gesundheit, wie der Arzt versicherte. Auch der Fötus in meinem Leib entwickle sich prächtig, sodass wahrlich keinerlei Grund zur Besorgnis bestehe.

Eines Tages fasste ich mir ein Herz und berichtete der Hebamme von den Träumen. Während sie mich untersuchte, wartete der Vater wie immer im Flur, das Prager Tagblatt studierend. Die Tür zu meinem Zimmer stand einen Spalt breit offen, sodass ich einen Teil seines Gesichts im Spiegel über der Kommode im Flur sehen konnte.

Die Hebamme war eine routiniert fröhliche Frau mit einem Hang zu kuriosen und makaberen Erzählungen, am liebsten aus der Welt der Medizin. Aber auch bei Kriminalfällen, von denen man zu jener Zeit im Prager Raum sprach, war sie ganz in ihrem Element. Ihre Rapporte pflegte sie aufs Prächtigste auszuschmücken und im Verschwörerton zum Besten zu geben. Außerdem umwehte sie stets der Geruch von »Chenie's Haarfarbe Fo«.

Vielleicht waren diese Ähnlichkeiten mit der Urgroßmutter der Grund, warum ich ausgerechnet sie ins Vertrauen zog. Flüsternd, damit der Vater es nicht mitbekam, umschrieb ich ihr die Visionen, die mich nächtens quälten, wobei ich die abscheulichen Details aussparte.

Ich solle mich darum nicht sorgen, es werde schon alles gut gehen, wollte sie abwinken. Doch ich insistierte. Was denn aber sei, wenn es nicht gut ginge? Oder was, wenn ich ein missgestaltetes Kind zur Welt brächte, eines, das so krank oder entstellt sei, dass es gar nicht fähig sei zu leben? Sie hielt in ihren Untersuchungen inne und deutete geheimnisvoll an, es gebe auch für solche Fälle Lösungen.

Wovon sie denn da eigentlich spreche, fragte ich und spürte, wie mein Puls in die Höhe fuhr, während ich auf ihre Antwort wartete. Es seien nicht eben schöne Lösungen, sagte sie, doch habe sie jüngst von einer befreundeten Krankenschwester gehört, dass in den Spitälern durchaus auch heute noch Aborte postnataler Natur vorgenommen werden.

Aborte postnataler Natur?, fragte ich, und sie erklärte, dass missgebildete oder auch aus jedweden anderen Gründen ungewollte Neugeborene auch noch nach der Geburt abgetötet werden können, wenn die Mutter dies wünsche. Solange das Kind nämlich noch mit irgendeinem seiner Körperteilchen im Leib der Mutter stecke, sei ja die Geburt noch nicht vollzogen, dem Rechte nach, und das Dingelchen ja noch nirgends schriftlich erfasst ...

Abgetötet, hörte ich mich das Wort wiederholen, starr vor Entsetzen. Nun ja, führte sie munter aus, vergiftet mit Drogen beispielsweise oder totgespritzt mit Luft, die man in die Vene des Noch-nicht-Geborenen gebe oder gar, flüsterte sie hinter vorgehaltener Hand, durch Abschlagen des Kopfes. Unvorstellbar, eine solche Barbarei, und das im 20. Jahrhundert ...

So redete sie weiter und weiter. Wie eine Mutter denn so etwas wünschen könne, fragte ich, zitternd vor Grauen. Die Hebamme antwortete, dass, in jenem Falle, von dem die Freundin berichtet hatte, die furchtbare Entscheidung nicht einmal durch die Kindsmutter selbst getroffen worden war, weil die ja noch minderjährig und zum besagten Zeitpunkt auch gar nicht bei Bewusstsein ...

Minderjährig, hallte es in meinem Kopf wider, minderjährig. In jenem Moment, als die Klatschsüchtige das Wort ausgesprochen hatte, war des Vaters Blick aufgeschreckt. Er traf den meinen für eine schreckliche Sekunde lang im Inneren des Spiegels und fiel dann zu Boden.

Meine ganze Aufmerksamkeit richtete sich auf den Vater, darauf, wie er sich im Flur erhob, langsam und gravitätisch, wohl um bloß nicht den Eindruck überstürzter Flucht zu erwecken. Doch das betonte Gehabe, mit dem er sich entfernte, war mir Geständnis genug.

Von jenem Vorfall an verbrachte ich meine Tage damit, ihn zu beobachten. Keiner seiner Schritte, keine unbewusste Geste, kein noch so leiser Unterton entging meiner bis ins Schmerzhafte geschärften Wahrnehmung, die sich nunmehr ausschließlich auf den Vater konzentrierte wie ein Brennglas. Im Geiste notierte ich jede Falte, die auf seiner Stirn sich in verräterischer Weise kräuselte, jedes befangene Streichen des Vollbartes, der neuerdings sein Gesicht verdeckte, jedes Zupfen oder Zerren an der Krawatte wie an einem Galgenstrick. Tatsächlich konnte ich die Albträume eine Zeit lang bannen, indem ich nach ihren äußeren Ursachen forschte.

Immer öfter ertappte ich mich nun dabei, wie ich mir mit aller Kraft wünschte, der Vater möge stürzen, die große Treppe im Eingang herunterfallen und sich das Genick brechen. Doch es wollte nicht geschehen.

In dieser Zeit des Wartens und Observierens begann ich auch weitere Nachforschungen anzustellen. So fand ich die Adresse der Tante in der böhmischen Provinz heraus und verfasste einen Brief. Darin bat ich sie, den Kontrakt, der damals mit dem Vater bezüglich meines Exils nach der Geburt des unehelichen Kindes geschlossen worden war, in ihren eigenen Worten wiederzugeben. Ich erhielt nie eine Antwort.

Eines Tages gelang es mir, mich unbemerkt aus dem Haus zu stehlen, um in den verrufenen Quartieren am Stadtrand nach jener Engelmacherin zu suchen, die mich nun immer häufiger in meinen Träumen besuchte. Ich fand nur einen Einzigen, der zugab, sie gekannt zu haben. Die Alte sei seit Wochen schon von niemandem mehr gesehen worden, so behauptete er.

Endlich wurde die für die jungen Eheleute Pokorný angemietete Wohnung zum Bezug freigegeben. Ich verließ des Vaters Haus zum einen mit Erleichterung, denn seine verräterische Gegenwart war mir unerträglich geworden. Zum anderen nagte aber die Ungewissheit an mir. Die Tatsache, dass ich den endgültigen Beweis seiner Schuld nicht gefunden hatte und das schreckliche Geheimnis nun womöglich nie mehr aufgedeckt werden würde, brachte mich beinahe um den Verstand.

Bereits in der ersten Nacht außerhalb des Elternhauses kehrten die Träume zurück. Wochenlang quälten sie mich jede Nacht, diese zerfaserten, aus Erinnerung und entfesselter Imagination gemalten Bilder von Fleisch, nicht tot und nicht lebendig. Fleisch, das sich an Nabelschnüren windet, zappelt und kreischt, ohne dabei auch nur einen Laut von sich zu geben. Visionen, in denen ich mein Totgeborenes in der Erde vergraben liegen sah, wo es sich krümmte und wand vor Kälte, weil ich es nicht aufnehmen, weil ich nicht zu ihm kommen konnte.

Weiter wurde ich nun von heftigem Schüttelfrost befallen. Am Abend wickelte ich mich in dicke Decken ein, und doch bebte ich am ganzen Leib und fühlte mich wie unter einer Lawine begraben. Ich badete stundenlang, immer wieder ließ ich kochend heißes Wasser nachgießen, bis die Haut sich krebsrot verbrüht hatte. Der Doktor versicherte indes, mit mir und dem Kind sei alles in bester Ordnung und riet zu täglichen Spaziergängen. Die Sonne und die frische Luft würden mir guttun, salbaderte er. Aber die Vorstellung von Sonne und frischer Luft erregte in mir nichts als Grauen, und so blieb ich im Bett, unter Bergen von Decken begraben. Und hinter geschlossenen Vorhängen verschmolzen Traum und Wirklichkeit zu etwas Ungeheuerlichem.

Wenige Wochen vor dem Geburtstermin war ich sicher, das Kind in mir sei tot. Kalt wie ein Stein lag es in meinem Inneren. Wieder wurde der Doktor gerufen, und wieder versicherte er mir, es sei alles in Ordnung.

Er behielt recht: Nach weiteren drei Wochen, die ich zitternd in der Dunkelheit verbrachte, gebar ich einen gesunden Jungen. Er war wie ein Wunder: die ebenmäßigen Züge, die rosige Haut und das goldblonde, volle Haar. Das Neugeborene wurde, der Tradition folgend, nach dem Vater der Kindsmutter benannt und also auf den Namen František getauft.

Die Familie sonnte sich in Zufriedenheit, denn nun schien die Zeit meiner »Eskapaden« endlich überstanden. Tatsächlich kam ich eine Zeit lang zur Ruhe. Die tägliche

Routine mit dem Kinde bekam mir gut, und ich erledigte meine Mutterpflichten mit all der Gewissenhaftigkeit, die man seit jeher von mir gekannt hatte.

So glaubten Vater und Schwester wohl, man könne mich, ohne Sorge haben zu müssen, zu einem Fest einladen, das anlässlich des väterlichen Geburtstags auf dem Landsitz der Svobodas begangen werden sollte. Ich reiste mit dem Kind bereits am Morgen an, um bei den Vorbereitungen zur Hand zu gehen. Den Vormittag über half ich der Küchenfrau beim Häuten und Ausnehmen der jungen Kaninchen, die zur Feier des Tages geschlachtet worden waren, und füllte ihre hohlen Bäuche mit Äpfeln und Zwiebeln, während die Amme den kleinen František versorgte.

Nach getaner Arbeit legte ich mich auf Geheiß der Schwester ein wenig hin. Auf dem Sofa in der Wohnstube fiel ich in einen unruhigen Schlaf. Zum einen störte mich der unangenehme Geruch der Kissen und Polster, in denen sich des Vaters Tabakrauch und die strengen Noten seines Rasierwassers über die Jahre zu einem penetranten Parfum verdichtet hatten. Zum anderen war da das Geräusch aneinanderschlagender Stricknadeln, das die Schwester mit ihrer Handarbeit verursachte. *Klick-klick-klick-klick-klick-klick,* der immer gleiche Rhythmus brachte die dunklen Weben in meinem Kopf durcheinander, zerfaserte die sorgsam gesponnenen Fäden und machte immer mehr Knoten und Löcher hinein. Je länger das Geräusch in mein Halbbewusstsein sickerte, desto lauter schien es zu werden, bis ich schließlich von meinem Lager hochschreckte. Wo war das Kind?

»Draußen im Garten, mit der Amme«, antwortete die Schwester, ohne von ihrer Handarbeit aufzusehen.

Ich ging hinaus und sah die Amme im hinteren Teil des Gartens sitzen, auf der Bank unter der Birke, mir den Rücken zugewandt, das gepunktete Spucktuch wie immer über die Schulter geworfen. Goldenes Mittagslicht flutete durch das Birkenlaub und nahm mir die Sicht, während ich über den frisch geschnittenen Rasen eilte. Dabei beobachtete ich mich selbst - ich war in meinem Körper, auf dem Weg zu meinem Kind, und zugleich stand ich an der Tür zum Garten. Zwei Perspektiven, die sich im tückischen Funkeln der Sonne nicht zusammenfügen wollten.

»Amelia!«, rief ich, doch die Amme regte sich nicht. Auch, als ich die Bank endlich erreicht hatte, tat sie so, als habe sie mein Kommen nicht bemerkt. Mein Herz schlug schnell vom Laufen und noch von etwas anderem, das mein Verstand nicht recht greifen mochte. Vielleicht hatte es etwas damit zu tun, dass die Kleidung der Amme nicht, wie gewohnt, über dem fülligen Leib spannte, sondern eigentümlich schlaff an Schultern und Rücken herabhing, als sei der sonst vor Gesundheit strotzende Körper plötzlich zusammengefallen oder eingeschrumpft.

»Amelia«, hörte ich mich sagen, dann schnürte eine vage Angst mir die Kehle zu. Langsam drehte die Amme den Kopf und wandte mir ihr Gesicht zu. Doch es war nicht das Gesicht Ameliens, in das ich dann blickte.

Es war das Gesicht des alten Weibes. Von der Schuppenflechte entstellt, vom Zerstechen und Absaugen ungeborenen Lebens aufs Furchtbarste gezeichnet, blitzte es mich aus Hyänenaugen an. Die Aura blutgetränkter

Tücher, die es umgab, ließ mich würgen. Lächelnd bedeutete es mir, das Kind an seiner Brust zu betrachten.

Es war nicht mein Kind. Das, was sich da rekelte, war überhaupt kein Kind.

Es war das Scheusal, die Spinnwebgeburt! Kreuzung aus dem Totgeborenen und den Gespinsten, die meine Träume zu Hunderten bevölkerten. Eine Kreatur, nur so groß wie eine Hand, blaurot wie ein Bluterguss, mit trüben, von Haut verklebten Fischaugen und insektenhaften Beinchen und Ärmchen, die an der runzligen Brust der Alten strampelten.

Kühl legten sich ihre Mörderinnenfinger um mein Handgelenk und drückten zu, bis ich nichts mehr fühlte. »Du musst verstehen!«, krächzte die Alte, grinsend, zwischen fauligem Gezähn hervor. »Du musst finden!«

Mit krummen Fingern deutete sie dann auf eins der Beete. Einer der drei jungen Rosenstöcke war tiefer in die Erde abgesackt, ganz so, als liege darunter etwas verscharrt. Als ich mich dem Strauch näherte, sah ich, dass seine Blätter und auch der ganze Stock über und über wimmelten vor glänzenden, schwarzen Wanzen, die surrten und grässlich mit den Flügeln knackten. »Finde!«, befahl das Weib.

Doch ich fand nichts.

Das Nächste, dessen ich mich entsinne, ist das Gesicht des Vaters. Fassungslos stand er in vollem Geburtstagsornat vor mir, daneben die Schwester, den kleinen František an sich pressend. Am Boden vor mir kniete die Amme und säuberte mein Gesicht. Meine Fingernägel waren schwarz, der Teppich über und über mit Erde besudelt.

Warum hatte ich gegraben?

Welcher Teufel mich denn da draußen geritten habe? Was ich in aller Herrgotts Namen denn in dem verfluchten Rosenbeet gesucht hätte?, frug die Amme kopfschüttelnd, während sie meine dornenzerschnittenen Hände mit Alkohol traktierte.

Ich wusste darauf nichts zu sagen. Die Erinnerung an das, was ich auf der Bank unter der Birke gesehen hatte, war vollkommen ausgelöscht und sollte erst viel später ihren Weg zurück in mein Bewusstsein finden.

Da endlich ergriff der Herr des Hauses das Wort. Er habe geglaubt, ich sei endlich wieder bei Sinnen, worin man sich ja offenbar auf Bitterste getäuscht habe und nun wohl also doch das Sanatorium als letzter Ausweg in Betracht gezogen ...

Aber dann, wie aus einem anderen Zimmer, hörte ich mich mit ruhiger Stimme sagen:

»Ich werde erst wieder bei Sinnen sein, wenn du verreckt und unter der Erde bist.«

Wie Ertrunkene trieben die Worte durch den Raum und alles um mich herum geriet ins Wanken. Die Schwester fing zu flennen an und mit ihr das Kind. Die Amme gab mir eine Ohrfeige.

Der Vater aber blieb ganz still und ich wusste auch ohne ein Wort, dass ich des Hauses verwiesen war.

In den nächsten Wochen befiel mich ein Zustand erwartungsvoller Aufregung. Alles schien seltsam beschleunigt, und die Sorge für das Kind ging mir leicht von der Hand. Selbst spät nachts war ich noch so voller Energie, dass ich bis in die frühen Morgenstunden Spaziergänge durch die Stadt unternahm, wobei ich mich vom Stadtkern fernhielt und abseits bürgerlicher Pfade unbekannte Viertel und Gassen durchstreifte.

Kaum drei Wochen nach dem Eklat am Geburtstag erreichte mich die Nachricht vom Tod des Vaters.

Er war bei der Besichtigung einer Fabrik, mit der er sich ein vorteilhaftes Geschäft versprochen hatte, über ein Geländer gestürzt. Niemand hatte den genauen Hergang des Unfalls beobachtet, doch man wusste zu berichten, dass er vier Meter tief auf den nackten Beton gefallen war.

Die Umstehenden, von Entsetzen überfahren, hatten nur von oben dabei zusehen können, wie der Körper des Gefallenen, in grauenvoller Verrenkung erstarrt, sein Leben aushauchte.

Während die Schwester all das mitteilte, gab ich mich erschüttert. Doch im Inneren befriedigte es mich zutiefst, jede Einzelheit über den Unfall zu erfahren, und mit jedem Wort, das sich die Schwester unter Tränen abpresste, kehrte ein Stück meiner lang entbehrten Seelenruhe zurück.

Dem Testament nach fiel meinem Gatten als einzigem männlichen Erben das Elternhaus zu. Binnen weniger Wochen wurde nun der Umzug zurück in selbiges arrangiert und ausgeführt.

Wie ich das Haus betrat, quoll mir des Vaters kalte Präsenz mit aller Macht entgegen. Säuerlich und schwer wie kranker Atem staubte sie aus den Vorhängen und Polstern und sprach düster von den Ahnengemälden im Salon. Der Leichenbeschauer hatte zwar, nach alter Sitte, alle Spiegel im Haus verhängt, damit sich der Geist des Verstorbenen nicht darin verfangen konnte. Doch schien sich zu mancher Stunde etwas hinter diesen Laken zu regen, sodass der Stoff sich seltsam bauschte oder verwehte, auch wenn alle Fenster geschlossen waren.

Ich ließ sämtliche Möbel, Teppiche, Jagdtrophäen, Gemälde und Kleider auf des Vaters Landsitz schaffen, übergoss den Haufen mit Petroleum und sah alles in Flammen aufgehen, von Schauern wilder Euphorie geschüttelt.

Bei meiner Rückkehr fand ich die Schwester, die einige Wochen bei einer Cousine in Wien verbracht hatte, im ehemaligen Elternhause vor. Mir den Rücken zugewandt saß sie am Ofen, in dem schon seit Wochen kein Feuer mehr gebrannt hatte, und starrte in die Asche. Hatte sie mich hereinkommen hören? Lautlos näherte ich mich ihr und sah, wie sich das feine Haar in ihrem Nacken sträubte, so als sei ein kalter Luftzug ihr um die Schultern gestrichen.

»Was hast du getan?«, fragte sie plötzlich, ohne sich nach mir umzudrehen. Als ich nicht antwortete und mich stattdessen zum Gehen wandte, fragte sie noch einmal, leiser jetzt und beinahe verzweifelt: »Was hast du getan?«

Nur ein Idiot konnte sich in die Idee versteigen, ich hätte den Tod des Vaters durch die bloße Kraft hasserfüllter Wünsche herbeigeführt. Da ich in meinem Hause keine Idioten beherbergen konnte, verfügte ich, die Schwester in ein Kloster zu bringen. Dort starb sie wenige Jahre später an der Tuberkulose, und hat also am Ende ihr unglückliches Leben gleich unserer lieben Mutter ausgehaucht.

Nachdem nichts mehr an die düstere Vergangenheit erinnerte, fand ich meinen Frieden wieder. Wenige Tage nach dem Tod des Vaters schickte ich die Amme fort, denn auf wundersame Weise war ich nun selbst in der Lage, das Kind zu nähren. Den ganzen Sommer über fühlte ich mich seltsam beschwingt. Selbst die Kriegserklärung Österreich-Ungarns an die Serben konnte meine Heiterkeit nicht trüben. Es war ja auch alles in heller Aufregung, die Stadt voll von wehenden Fahnen, Blumen und Szenen hoffnungsvollen Abschiednehmens. Alles glaubte fest daran, dass man dem Spuk auf dem Balkan ein schnelles Ende bereiten werde. Und auch ich wollte glauben, alles könne gut werden.

Doch dann kam der Herbst, und mit ihm kamen die Träume zurück.

Von den Veränderungen, die sich in jener Zeit ereigneten, nahm ich kaum Notiz. Immer mehr Fremde kamen in die Stadt, Flüchtlinge, hauptsächlich russische und galizische Juden, so flüsterte man sich in der Küche zu. Doch ich selbst habe nie einen von ihnen gesehen, denn ich verließ das Haus nun gar nicht mehr. Ein Tag war wie der andere, und das einzige, was mich in jenen ersten Herbsttagen aufrecht hielt, war die Sorge für den kleinen František.

Ich bat den Gatten, mir ein Nervenmittel aus dem Krankenhaus zu besorgen, doch er lehnte ab. Schließlich könne er das Kind nicht beruhigt in meiner Obhut wissen, wenn ich ein solches Mittel zu mir nähme. Stattdessen verordnete er mir lange Spaziergänge, die ich behauptete, während seiner täglichen Stunden im Spital zu absolvieren. In Wahrheit aber lag ich im dunklen Zimmer, starr wie im

Krampf, aber wach, hellwach, und hielt mit aller Kraft den Vorhang zu.

Dann kam der Tag, an dem es mich fand.

Ich musste wohl eingeschlafen sein. Schlagartig kam ich zu mir, mein Herz wie ein Hammer, jeder seiner Schläge dumpf in der Mundhöhle widerhallend. Was war da – an der Decke? Nichts.

Wie ich mich wieder entspannte, spürte ich die plumpe Schwere menschlichen Fleisches auf meiner Brust. Der kleine František. Ich musste ihn mir wohl zum Stillen aufgelegt haben, bevor ich eingenickt war. Und dann spürte ich das kleine Köpfchen, das kein anderes Begehren kannte, als sich satt zu saufen an der süßen, fetten Milch, den Sog gieriger, kleiner Lippen an meiner Brust, seltsam kühl, wie der ganze Körper des Kindes, kalt wie ein Stein ...

Ich riss die Augen auf. Und was ich erblickte, war nicht das rosige, gesunde Kind. Es war das Tote, das Grässliche.

Ein stechender Schmerz strahlte von dem winzigen, kalten Leib in meinen ganzen Körper aus. Ich schrie und versuchte, das strampelnde Scheusal von mir abzustreifen. Doch wie mit Rasiermesserzähnchen verbiss es sich nur noch fester in mein Fleisch, und saugte, saugte, saugte ...

Blut rann an dem gierigen Mäulchen vorbei, floss in dünnen Bahnen über meine Haut und tropfte auf das Laken. Mit ihm kommen sollte ich, das wurde mir klar, dorthin, wo es zu Hause ist. Dorthin, wo es niemals hell und immer kalt ist. Der Vorhang glitt vor meine Augen und ich sah schon die Stunde geschlagen, in der ich für meine Sünden büßen sollte.

Doch dann kam die Erkenntnis: Das Ding war tot und ich war am Leben. Dass es sich hier zeigte, war falsch und gegen jede Logik. Es musste nun ein Ende haben.

Mit letzter Willenskraft stemmte ich mich vom Bett auf, die unfertige Kreatur noch immer in mein blutendes Fleisch verkrallt, und taumelte zur Kommode, wo die große Schere lag.

Ich schnappte sie und stach sie dem Balg in den Wanst. Etwas Schleimiges, Wurmhaftes quoll aus ihm heraus. Doch es ließ nicht von mir ab, verbiss sich nur noch mehr, und ich riss die Schere wieder heraus aus dem zuckenden Ding und trennte es mit einem schnellen Schnitt von meiner Brust.

Blut rann in schwächlichen Fäden aus dem Loch, das nun in dem versehrten Fleische klaffte, doch kein Schmerz, kein Schmerz, und wie ich den Blutstrom mit einem Tuch abdrückte, suchte ich den Boden nach ihm ab. »Du musst finden!«, hörte ich das hämische Krächzen der Engelmacherin an den Wänden widerhallen, »Finde!«

Und ja: Ich fand.

Da war es und versuchte, über den Teppich zu fliehen, wobei es eine bräunliche Blutspur hinter sich her schmierte. Trotz seiner Bauchwunde bewegte es sich erstaunlich flink. Doch es sollte ihm nichts helfen, denn ich setzte ihm behände nach, die Schere in der Hand.

Und bevor es sich unter dem Bett verkriechen konnte, stach ich wieder zu und spießte es mit der scharfen Seite der Schere zwischen den Dielen fest. Es zappelte und sperrte das Mäulchen wie zum Schreien weit auf, aber kein Laut kam aus der toten Kehle. Ein grausiges Schauspiel, das ich beenden musste.

Meine Blicke rasten durch den Raum. Die Kommode. Der Handspiegel. Die Haarbürsten und Bänder. Die Schmuckkassette. Die Nähmaschine.

Ich griff sie mir mit beiden Händen und schlug zu. Noch mal. Und noch mal. Und dann ... war da nur noch ein Gewühl von Fleisch und Haut und zertrümmerten Knöchelchen, das sich nicht mehr rührte und nicht mehr unter das Bett kriechen konnte, um dort zu lauern.

Nach einer Weile hörte ich Schritte auf der Treppe, doch ich konnte mich nicht regen. Es war Doktor Ferdinand Pokorný, der aus dem Krankenhaus nach Hause kam.

Zu spät.

Die nächsten Jahre verbrachte ich im Sanatorium, ganz so, wie der Vater es bei unserer letzten Begegnung gewünscht hatte. Welche Ironie.

Das kaiserliche und königliche Österreich-Ungarn ist lang schon Geschichte, aber ich bin immer noch hier. Die Welt, wie wir sie kannten, ging mit dem Reich unter, ebenso wie die Familie Svoboda, deren Stammbaum gerodet, und deren Name nun mehr dem Vergessen geweiht ist.

Doktor Ferdinand Pokorný war bald, da nun ohne familiäre Verpflichtungen, an die Front berufen worden. Er fiel 1916 bei Siebenbürgen, so berichtete man mir, zusammen mit vielen, so vielen anderen. Am Ende hatte man gar Kinder in den Krieg geschickt, aber niemand sprach je laut darüber.

Wo der kleine František geblieben ist, hat man mir nicht gesagt. Jedes Mal sind sie böse geworden, wenn ich nach ihm fragte, und so hörte ich auf zu fragen. Ich weiß, dass ihm etwas Schlimmes zugestoßen sein muss.

Auch hat mir auf dem Flur mal eine was zugezischelt: Mörderin!, hat sie gesagt. Oder war es doch etwas anderes?

Seit einiger Zeit höre ich nicht mehr gut, und die Drogen, die sie mir geben, haben die Gespinste so aufgebauscht, dass ich nicht mehr richtig sehen kann, was auf der anderen Seite vor sich geht.

Die Jahre gingen ins Land. Ein Krieg ging zu Ende, ein anderer folgte.

Inzwischen haben sie es auch bemerkt, dass alles, was sie tun, sinnlos ist, dass nichts das Dunkel jemals auflösen wird, weder die Eisbäder noch die Gifte, die sie in mich spritzen. Irgendwie haben sie es aus mir herausgebracht, so wie sie es immer schaffen, dass er mich immer noch besucht, der Wechselbalg. Dass er nächtens unter dem Bett hockt und auf den Moment wartet, in dem ich in Tiefschlaf falle, in dem er mir am nächsten ist.

Mit der Zeit habe ich Wege gefunden, mich vor ihm zu schützen. Ich hörte auf, zu essen, auf dass der Hunger mich wachhielte. Ich riss mir die Haare aus und schlug mit den Fäusten gegen die Wände, bis die Fingerknochen brachen, damit der Schmerz mich am Einschlafen hindere.

Aber jetzt bin ich müde. Die vielen Jahre, in denen ich Nacht für Nacht den Vorhang zuhielt, haben Spuren hinterlassen.

Nichts an meinem Äußeren erinnert noch an das Mädchen mit dem Gesicht einer Porzellanpuppe. Nichts in meinem Inneren zeugt noch von der Kaufmannstochter, auf die stets Verlass gewesen ist. Viel ist nicht mehr übrig von Zuzana Svoboda, wer immer das gewesen ist, und ich bin nun bereit, auch diesen letzten Rest aufzugeben, um endlich, endlich Ruhe zu finden.

Bald soll ich wieder schlafen können, sagen sie. Ein neues Verfahren der sogenannten Psychochirurgie soll die Daimonen vertreiben. Eine ganz neue Operation, aus Amerika und dort schon mit großartigen Erfolgen angewandt. Eine äußerst effektive Methode, die man nun auch hierzulande etablieren wolle, da sie doch den seelisch Kranken so viel Linderung verspreche. Und derer gibt es ja so viele dieser Tage. Auch hier im Sanatorium haben wir längst nicht mehr genug Zellen, um sie alle unterzubringen.

Die Operation hat man mir ganz genau beschrieben: Zuerst wird der Schädel »trepaniert«, wie sie es nennen, also mit kleinen Löchlein versehen, sodass mithilfe gewisser Instrumente ein bestimmtes Areal im Gehirn gut erreicht werden kann; im hinteren Teil des vorderen Stirnlappens, dort, wo die bösen Erinnerungen sitzen. Mit schnellen Schnitten werden dann die kranken Areale des Gehirns zerstört, die falschen Verbindungen aufgetrennt, auf dass sich hernach wieder neue, gesunde Verzweigungen bilden können.

Ich glaube ihnen nicht. Es spielt aber auch keine Rolle mehr, ob mein Geist geheilt werden kann, denn ich sehne mich nur noch nach einem: nach dem ruhigen Dahintreiben im Dunkel ewiger Nacht. Morgen schon wird ein Teil von mir dorthin gehen, dorthin wo es niemals hell und immer kalt ist. Was dann noch von mir übrig ist, wird die

Welt außerhalb dieser Mauern wohl nie mehr erblicken. Kein allzu furchtbarer Gedanke, dieser Tage.